Tempelräuber

tatort

Dieses Buch ist ein Roman. Handlungen und Personen sind frei erfunden. Ähnlichkeiten mit lebenden oder toten Personen sind rein zufällig.

Tempelräuber

Kriminalroman von
Martin Schüller nach
einem Drehbuch von
Magnus Vattrodt

emons:

Agentur: WDR mediagroup licensing GmbH
Kriminalroman nach der gleichnamigen ARD-Serie »Tatort«
ARD-Tatort-Koordinator: Prof. Gebhard Henke,
Leiter des WDR- Programmbereiches Fernsehfilm, Kino und Serie
Tatort-Drehbuchautor: Magnus Vattrodt
Umschlagfoto: WDR / Michael Böhme
Umschlaggestaltung: Weusthoff-Noël, Hamburg (www.wnkd.de)
Druck und Bindung: CPI – Clausen & Bosse, Leck
Printed in Germany 2010
ISBN 978-3-89705-733-3

Wir bedanken uns bei der Redaktion des Westdeutschen Rundfunks für die freundliche Unterstützung.

Die Titelabbildung zeigt Jan Josef Liefers als Prof. Karl-Friedrich Boerne und Axel Prahl als Hauptkommissar Frank Thiel.

»Ich meine, es müsste einmal
ein sehr großer Schmerz
über die Menschen kommen,
wenn sie erkennen,
dass sie sich nicht geliebt haben,
wie sie sich hätten lieben können.«

Christian Morgenstern

EINS

Es geschah manches an diesem feuchten Aprilabend, an dem der Winter sich noch einmal mit einer frostigen Kühle in Erinnerung brachte. Eine ganze Menge geschah. Und einiges davon sogar in Münster.

Menschen beteten. Eine Geige spielte. Ein Metronom klackte. Ein Telefon läutete und wurde nicht abgenommen. Eine Sekretärin wühlte in Akten. Ein Anrufbeantworter sprang an, und jemand sprach eine Warnung darauf. Eine ältere Dame bezahlte ihren Taxifahrer. Und auf dem Zentralfriedhof ...

Aber dazu später.

***

Herbert Thiel trug sein bestes Danke-für-das-hohe-Trinkgeld-Lächeln im Gesicht, als er die hintere Beifahrertür öffnete und der alten Dame den Arm reichte, um ihr aus dem Fond zu helfen.

»So, bitte schön, Vorsicht ...«

Das entzückte die Dame genau so, wie er es beabsichtigt hatte.

»Reizend, ganz reizend«, sagte sie und griff mit der Rechten nach seiner Hand, um sich daran aus dem Taxi zu ziehen, während sie mit der Linken den Pelzhut auf ihren grauen Locken vor dem drohenden Verrutschen schützte. Herbert Thiel schätzte sie auf Mitte achtzig. Ihr Mantel mit dem breiten schwarzen Nerzkragen war burgunderrot. Die Farbe korrespondierte aufs Trefflichste mit dem dunklen Rosa der Mütze und kleidete sie für ihr Alter perfekt. Das war allerdings etwas, für das Herbert kein rechtes Auge besaß, ebenso wenig wie für den hageren älteren Herrn mit dem breitkrempigen Hut, der energischen Schrittes dicht an ihnen vorbeiging und ihn ärgerlich musterte.

Als die Dame sicher auf dem regenfeuchten Pflaster des abendlichen Prinzipalmarktes stand, öffnete Herbert den Kofferraum, um das Einkaufswägelchen und das halbe Dutzend Taschen herauszuholen, die den Ertrag einer augenscheinlich ebenso ausgedehnten wie erfolgreichen Shoppingtour durch die exklusiven Läden Münsters beinhalteten. Er kickte die Tür mit dem Außenrist zu und trug der Dame dann ihre Beute zum Eingang ihres Hauses in der Syndikatgasse.

»Meinen Sie wirklich, ich sollte wegen dieser Kleinigkeit zur Polizei?«, fragte sie und sah ihn unsicher von der Seite an.

Herbert nickte ermutigend. »Aber ja. Fragen Sie nach einem Hauptkommissar Thiel. Der hat immer ein offenes Ohr für ältere Damen …«

»Ich geb Ihnen gleich ›ältere Dame‹«, erhielt er empört zur Antwort. Nach dem Blick, der ihn traf, war er froh, dass er sein Trinkgeld bereits im Taxi bekommen hatte.

»Danke, gute Nacht«, sagte die Dame dann auch brüsk, als sie die Tür erreicht hatten. Sie nahm ihm die Taschen aus der Hand und schloss auf.

»Schönen Abend noch«, murmelte Herbert und ging durch die regennasse Gasse zurück. Die Schaufenster der abendlich leeren Einkaufsstraße leuchteten ihm entgegen.

Als er neben dem Damenwäschegeschäft aus der Syndikatgasse trat, blieb er erstaunt stehen, und es dauerte eine Sekunde, bis er erkannte, was ihn so in Erstaunen versetzte. Doch dann rann es ihm eiskalt den Rücken hinab.

Etwas fehlte.

Etwas ganz Entscheidendes.

Sein Taxi.

***

Ludwig Mühlenberg war durch die Glastür des Seminars hinaus in den kühlen Abend getreten. Der Regen, der den ganzen Tag über die Stadt in ein dichtes, nasses Grau getaucht hatte, hatte endlich aufgehört. Das Pflaster war noch nass und reflektierte das gelbe Licht der Straßenlaternen und das bunte der Leuchtreklamen und Schaufenster.

Mühlenberg richtete den Kragen seines Mantels und rückte den breitkrempigen Hut zurecht, bevor er die breite Treppe zur Straße hinunterschritt. Er ließ den Mantel offen. So kalt war es nicht, dass er darauf verzichtet hätte, ihn lässig-elegant offen wehen zu lassen. Der lange dunkelrote Schal hing locker um seinen Hals und zeigte so das weiße Kollar unter dem Kragen seines schwarzen Hemdes, das ihn als Mann der katholischen Kirche auszeichnete.

Für seine siebzig Jahre war Mühlenberg gut in Form. Sein Körperbau entsprach seinem asketischen Lebensstil. Er schritt energisch aus, wie er es mochte, wie es seinem Naturell entsprach und wie er es immer tat.

Die meisten Läden waren längst geschlossen. Es waren nur noch wenige Menschen auf der Straße. Auf dem Prinzipalmarkt wich er einer älteren Dame aus, die sich gerade von einem Taxifahrer aus dem Wagen helfen ließ und nun von Einkaufstaschen umgeben raumgreifend in Mühlenbergs Weg stand.

Der Motor des Wagens lief völlig unnötigerweise, wie Mühlenberg missbilligend feststellte. Er warf einen Blick auf den Fahrer, einen Mann, der nicht viel jünger zu sein schien als er selbst. Er trug eine lederne Anglerweste und das dünne, lange weiße Haar im Nacken zu einem Pferdeschwanz gebunden. Mit einem ungnädig-angewiderten Kopfschütteln ging Mühlenberg weiter in Richtung Lambertikirche.

Im Laden des Geigenbauers gegenüber der Kirche brannte noch Licht. Als Mühlenberg ihn erreichte, trat ein Mann mit einem sorgfältig gestutzten Vollbart heraus. Er trug einen eleganten, kurzen dunkelgrünen Mantel mit schwarz abgesetztem, schmalem Kragen und einen Violinkoffer in der Hand. Mühlenberg ging an ihm vorbei und grüßte den Mann mit einem für seine Verhältnisse recht freundlichen »'n Abend«. Der Mann erwiderte den Gruß nur zerstreut und ging auf einen protzigen italienischen Sportwagen zu, der direkt gegenüber im absoluten Halteverbot stand.

Mühlenberg verzog ärgerlich den Mund. Es war nur der Geigenkoffer gewesen, der ihn veranlasst hatte zu grüßen. Dabei war der Mann offensichtlich ein Schnösel, der seine Beachtung überhaupt nicht verdiente.

Er bog rechts ab und ging zwischen Lambertibrunnen und Kirche in Richtung Alter Steinweg. Es war ein stiller Abend. Wenig war zu hören, lediglich ein paar Autos. Eines davon wurde allerdings immer lauter. Unvermittelt fand Mühlenberg sich im Licht zweier Autoscheinwerfer wieder, die sich ihm von hinten näherten. Er drehte sich um. Ein Taxi kam vom Prinzipalmarkt auf ihn zu. Mit einem entrüsteten Kopfschütteln blieb er stehen und stellte sich dem Wagen in den Weg.

Hier war Fußgängerzone, hier hatte kein Wagen etwas zu suchen, und das würde er diesem Lümmel von Taxifahrer auch klarmachen.

Dachte er.

Aber das war ein Irrtum.

***

Als Wittmann mit der Kurtzendörffer aus der Werkstatt kam, umspielte ein sanft zufriedenes Lächeln seinen Mund.

Professor Karl-Friedrich Boerne sah ihm gespannt entgegen. Es hatte ihn einige Überwindung gekostet, die Geige überhaupt aus der Hand zu geben. Sie war Teil der Mitgift seiner Urgroßmutter gewesen, im neunzehnten Jahrhundert, weiter hatte er ihre Spur bisher nicht zurückverfolgen können. Aber mindestens seitdem war sie im Besitz der Familie Boerne. Sie hatte Kriege und die Scheidungsschlacht seiner Großeltern unverletzt überstanden und war nun Teil von Boernes stolzem Familienerbe.

Mittlerweile allerdings war es unabdingbar geworden, dem Zahn der Zeit etwas entgegenzusetzen, und Boerne hatte sich nach aufwendigen Recherchen für den Geigenbaumeister Wittmann entschieden, auch weil die Werkstatt unter den Bögen gegenüber der Lambertikirche fast so alt war wie Boernes Violine, nämlich bald dreihundertfünfzig Jahre.

Wittmann überreichte ihm das Instrument. Boerne nahm es, fasste den Hals mit der Linken und schlug mit dem rechten Zeigefinger jede der vier Saiten einmal leicht an. Den Bogen zu nehmen wäre ihm in Anwesenheit Meister Wittmanns unpassend erschienen.

Wittmann nickte freundlich, als Boerne die Geige in ihren Koffer legte. Sein dichter weißer Schopf wippte dabei leicht und ließ ihn wie einen Dirigenten aus der Zeit von Boernes Urgroßmutter aussehen.

»Danke und viel Freude damit«, sagte er mit seiner sonoren Stimme und reichte ihm die Hand. Boerne ergriff sie.

»Ich bitte Sie! *Ich* habe zu danken.« Er verschloss den Koffer sorgfältig. »Guten Abend«, sagte er noch, dann ging er zur Tür.

Hinter ihm schloss Wittmann die Ladentür ab.

Den Maserati hatte Boerne gegenüber dem Laden abgestellt. Er parkte ihn ungern auf öffentlichen Straßen, doch wenn schon, dann keinesfalls außer Sicht. Das Halteverbot würde um diese Tageszeit niemanden interessieren, ihn am allerwenigsten.

Ein älterer Herr kam ihm entgegen und grüßte, wobei er leicht seinen Hut lüpfte. Boerne grüßte zerstreut zurück und warf dabei einen flüchtigen Blick auf den Mann. Offensichtlich ein Geistlicher – er kannte ihn nicht. Mit der Fernbedienung öffnete er den Wagen. Den Geigenkoffer legte er behutsam auf den Beifahrersitz, dann stieg er ein und schloss die Tür. Er konnte nicht widerstehen. Bevor er den Motor startete, öffnete er noch einmal den Koffer. Im Licht der Innenbeleuchtung strich er zärtlich über das Instrument.

Der Lack glänzte und duftete nach dem Öl, mit dem er behandelt worden war. Der elegante Korpus strahlte die Kunstfertigkeit seines Erbauers aus und wirkte dabei so fragil, dass Boerne sich wunderte, wie er sein ehrfurchtgebietendes Alter hatte erreichen können. Boerne genoss noch einmal das Gefühl, im Besitz dieses edlen Instruments zu sein.

Auch wenn er gar nicht richtig spielen konnte.

Mit einem sehr zufriedenen Lächeln schloss er den Koffer wieder. Das Taxi, das neben seinem Wagen in die Fußgängerzone abbog, bemerkte er nicht.

Erst in dem Moment, als er zum Zündschlüssel greifen wollte, weckten ein hässlich dumpfer Schlag und das Klirren von zerbrechendem Glas seine Aufmerksamkeit. Irritiert sah er in die Richtung, aus der das Geräusch gekommen war.

Am Ende des Platzes stand mit laufendem Motor ein Taxi. Ein alter 124er, wie Thiels Hippie-Vater einen fuhr.

Zwischen Kirche und Brunnen, etwa zwanzig Meter von ihm entfernt, lag ein großer dunkler Haufen auf dem Pflaster. Boerne brauchte nicht mehr als eine Sekunde, um das dunkle Etwas als das zu erkennen, was es war: der ältere Geistliche, der ihn eben noch gegrüßt hatte. Er sprang aus dem Wagen und nestelte im Laufen sein Handy aus der Innentasche seines Mantels.

Der Mann lag reglos da, als er ihn erreichte und sich neben ihn kniete.

»Hören Sie? Können Sie mich hören?«

Der Mann reagierte nicht.

»Ich bin Arzt«, sagte Boerne beruhigend. »Ich hole Hilfe.«

Er drückte die 112 auf seinem Handy, aber bevor er es ans Ohr nehmen konnte, hörte er den Motor des Taxis aufheulen. Verblüfft sah er den Wagen mit durchdrehenden Reifen und leuchtenden Rückfahrscheinwerfern auf sich zukommen.

Es war für längere Zeit das Letzte, was er sehen sollte.

ZWEI

»Was heißt: Das Sie können mir nicht sagen?«, bellte Hauptkommissar Frank Thiel in sein Handy. »Irgendein Weißkittel in Ihrem Krankenhaus wird doch wohl wissen, wie es dem Herrn Professor geht!«

Lambertikirchplatz und Salzgasse waren mit rotweißem Flatterband abgesperrt, und Thiel hatte Mühe, sich zwischen den Gaffern hindurch einen Weg in Richtung des Brunnens zu bahnen, wo die Kollegen von der Spurensicherung neben dem Toten knieten.

»Ja, dann *verbinden* Sie mich bitte mit dem Herrn Doktor. Hallo …? Hallo …!« Thiel klappte das Handy entnervt zu und steckte es ein. »Saftladen!«, fluchte er mit finsterer Miene.

Eine transportable Scheinwerferbatterie tauchte den Platz in gleißendes Licht. Hinter der offenen Tür eines Polizeitransporters sah er eine junge Kollegin im weißen Overall der Spurensicherer, die mit einem Joystick die Videokamera auf dem Dach des Fahrzeugs steuerte. Auf dem Monitor vor ihr erschienen die Bilder, die die Kamera aufzeichnete. Sie schwenkte langsam über den ganzen Platz, dann zoomte sie näher an den toten Körper heran und startete eine neue Runde.

Thiel hatte sich gerade unter dem Absperrband hindurchgebückt, als er hinter sich die Stimme seines Vaters hörte.

»Junge …! Junge!«

Thiel verdrehte die Augen und blieb stehen. Sein Vater kam von der Absperrung her auf ihn zugerannt, wo er wohl gerade einem der uniformierten Kollegen auf die Nerven gegangen war. Thiel wäre es lieber gewesen, er hätte das auch weiterhin getan.

Sein Vater legte ihm vertraulich eine Hand auf die Schulter.

»In deinem komischen Bericht«, sagte er, »da schreibst du aber bitte, dass mein Taxi abgeschlossen war, ja?«

Thiel sah genervt zur Seite. Dass sein alter Herr in seinen Fall verwickelt war, war schon schlimm genug. Dass er jetzt aber auch noch den Mist ausbügeln sollte, den Herbert fabriziert hatte, war das Letzte.

»Na ja – der Kofferraum, der war zum Beispiel abgeschlossen«, sagte Herbert.

»Vaddern …« Thiel schüttelte gequält den Kopf. Wahrscheinlich hatte das Taxi nicht nur unabgeschlossen, sondern auch noch mit laufendem Motor am Straßenrand auf den Täter gewartet, der nur noch einsteigen und losfahren musste, um dann den Priester zu überrollen.

Sein Vater interpretierte seinen Blick wohl richtig. Seine Stimme wurde flehend.

»Junge, es ist doch nur für die Versicherung!«, jammerte er.

Thiel wandte sich ab. »Ich arbeite bei der Polizei«, sagte er über die Schulter, »und nicht bei ›Wünsch dir was‹.« Damit ließ er seinen Vater stehen.

Boernes silberner Maserati Gran Turismo stand mit offener Tür am Straßenrand. Das beige Leder leuchtete edel im Licht der Innenbeleuchtung. Thiel nahm an, dass allein die Extras in dem Wagen sich auf eines seiner Jahresgehälter summierten. Thiels Assistentin Nadeshda Krusenstern kam auf ihn zu.

»Na, wie sieht's aus?«, fragte Thiel.

»Anwohnerbefragung läuft. Ein paar Leute haben

was gehört, aber niemand hat was gesehen«, antwortete Nadeshda.

Thiel verzog den Mund und steckte die Hände in die Jackentasche. »War ja klar«, maulte er. »Und die Fahndung?«

»Wir haben alle verfügbaren Kräfte auf der Straße, aber bisher gibt's noch kein Taxi mit Unfallschaden.«

Thiels Blick fiel auf einen schwarzen Instrumentenkoffer, den sie in der Hand trug.

»Was is 'n das?«

Nadeshdas Blick folgte dem seinen. Sie nahm den Koffer in beide Hände und sah ihn erstaunt an, als sähe sie ihn das erste Mal. »Wir nennen es Geige«, sagte sie dann spöttisch.

Thiel zuckte ärgerlich mit den Schultern.

»Ich hab es aus dem Auto vom Professor«, erklärte Nadeshda.

»*Ach* du Scheiße«, sagte Thiel. »Herr Professor hat ein neues Hobby? Bringen Sie das Ding in die Asservatenkammer, ist beschlagnahmt.«

Nadeshda sah ihn überrascht an. Er drehte sich um.

»War 'n Scherz«, rief er ihr dann über die Schulter zu. »Bringen Sie das Ding zu ihm nach Hause. Und irgendwer soll Kaffee besorgen. Wahrscheinlich werden wir hier noch bis morgen früh alle Haustüren einzeln abklappern müssen.«

Er ging quer über den Platz, wo Silke Haller neben dem Toten kniete, inmitten der kleinen Zahlenschilder, mit denen die Spurensicherung die Fundorte der einzelnen Beweisstücke für die Tatortfotos markierte.

Hinter ihr an der Absperrung drängten sich die Schaulustigen. Der Atem stand als weißer Dampf vor ihren Mündern.

Der Tote wandte Thiel das Gesicht zu. Seine Gliedmaßen waren absurd verrenkt. Er lag auf der Seite, Blut war aus Ohr, Mund und Nase getreten und hätte wohl eine Lache auf dem Kopfsteinpflaster gebildet, wenn der Schal des Mannes es nicht aufgesogen hätte.

Thiel fror. Er zog die Hände aus den Jackentaschen und steckte sie in die seiner Jeans.

»Morgen, Frau Haller«, sagte er.

»Ach, Herr Thiel …« Silke Haller sah ihn an und stand auf. Thiel war kein Riese, aber die kleinwüchsige Rechtsmedizinerin reichte ihm nur etwa bis zum Brustkorb. Ihr Chef, Professor Boerne, pflegte sie Alberich zu nennen. Aber Boerne war ja verhindert.

»Ich würd den Toten jetzt gerne mitnehmen«, sagte sie.

»Irgendwelche Hinweise auf die Identität?«, fragte Thiel.

»Wie man's nimmt …«

Haller beugte sich zu dem Toten hinunter, drehte ihn auf den Rücken und schlug den Schal beiseite.

Darunter kam das weiße Kollar eines Geistlichen zum Vorschein.

Thiel drehte die Augen flehend zum Himmel. Sein Blick blieb an den Wiedertäuferkäfigen weit oben am Turm der Lambertikirche hängen.

»Heiliger Bimbam«, stieß er hervor.

***

Sämtliche Glocken der Stadt schienen zu läuten, als Thiel sein Fahrrad im Grau des anbrechenden Morgens stadtauswärts in Richtung der Rechtsmedizin an der Fachhochschule steuerte. Schlafen war nicht drin gewesen in dieser Nacht, nur für eine kurze Dusche hatte es gereicht. Er hatte einen schnellen Kaffee an einer Tankstelle an der Steinfurter Straße getrunken und sich vorsichtshalber noch einen Becher auf Vorrat mitgenommen, den er nun in der Rechten balancierte, auf Kosten der Bedienbarkeit seiner Vorderradbremse.

An der Einfahrt nutzte er die zufällig gerade offen stehende Ausfahrtsschranke, durch die ein Mercedes-Leichenwagen herauskam, und fuhr im Slalom an dem Wagen vorbei auf das Gelände. Das Schimpfen des Pförtners hinter ihm ignorierte er geflissentlich, was ihm mit seinem Handy, das genau in diesem Moment zu läuten begann, nicht so gut gelang.

»Mann, nerv mich doch jetzt nicht«, maulte er, hielt neben einer Laderampe, auf der ein metallener Transportsarg auf Abholung wartete, und stieg vom Rad.

Es war ein bisschen kompliziert, Rad und Kaffee zu halten und gleichzeitig das Handy aus der Jackentasche zu klauben, also lehnte er das Rad an die Wand und stellte den Pappbecher auf der Rampe ab.

»Ja, Thiel«, meldete er sich und ging in Richtung Eingang. »Nein, die Straßenkontrollen bleiben!«, blaffte er und bemerkte verärgert, dass er den Kaffee hatte stehen lassen. Er drehte um und ging zurück. »Ja, ist mir doch kackegal!«, fauchte er. »Mich fragt auch kein Mensch, wie lang ich schon auf den Beinen bin … Ja, Wiederhören!« Er steckte das Handy ein und griff sich den Kaffee.

Als er den Eingang fast erreicht hatte, stieg neben ihm Staatsanwältin Klemm aus ihrem schwarzen Toyota.

»Morgen, Thiel«, dröhnte sie in ihrer rauen Bassstimme.

Thiel nahm einen Schluck Kaffee aus dem Pappbecher, bevor er antwortete.

»Ah, Frau Staatsanwalt – was machen *Sie* denn schon hier?«

»Na was wohl!« Sie fuhr sich prüfend durch die dichte kastanienbraune Mähne, warf ihre schwarze Handtasche über die Schulter und schloss dann zu ihm auf. »Auf meiner Mailbox war die Rede von einem toten Priester«, sagte sie verschwörerisch. Die Kombination der Wörter »tot« und »Priester« schien ihr nur schwer über die Lippen zu kommen.

Thiel zuckte die Achseln. »Ja und?«, fragte er und nahm einen weiteren Schluck Kaffee. »Der ist doch in drei Stunden auch noch tot.«

»Thiel!«

Klemm blieb mit empörtem Gesicht stehen. Nervös spielte sie mit beiden Händen an ihrem Autoschlüssel herum. Fast sah es aus, als bete sie einen Rosenkranz. Thiel wollte weitergehen, aber die Staatsanwältin blieb beharrlich stehen. Notgedrungen drehte er sich zu ihr um.

»Ein toter Priester!«, sagte sie eindringlich. »In *Münster*! Ist Ihnen eigentlich klar, was das bedeutet?«

Thiel ging kopfschüttelnd weiter und trank dabei den Kaffee aus. »Dass wir jetzt alle in die Hölle kommen?«, fragte er trocken. Ehrfurcht vor kirchlichen Institutionen gehörte nicht zu den Dingen, die er in seinem Leben gelernt hatte. Das mochte der objektiven kriminalistischen Arbeit in einer Stadt wie Münster zuträglich sein – im gesellschaftlichen Umgang hier war es weniger hilfreich.

Neben ihnen luden zwei Mitarbeiter eines Bestattungsinstitutes einen grauen Kunststoffsarg in einen Leichenwagen.

Klemm stöckelte mit ärgerlicher Miene weiter. »In dieser Stadt zählt ein toter Priester so viel wie zwei tote Bürgermeister«, sagte sie. »Oder drei tote Polizisten …«

Sie erreichten die Tür mit der großen roten »2« darauf, und Thiel tippte den Öffnungscode in das Tastenfeld neben der Tür.

»Was macht das denn in Staatsanwälten?«, fragte er.

»Sehr witzig, Thiel. Sehr witzig.«

Klemm folgte ihm hinein. Sie gingen über den Gang zu den Autopsiesälen, in denen eigentlich Professor Boerne herrschte, die nun aber Alberichs Reich waren.

Als sie den Saal durch die metallene Schiebetür betraten, umkreiste Silke Haller mit einer großen Kamera gerade den aufgebahrten toten Mann und schoss systematisch Foto um Foto. Als sie den frühen Besuch bemerkte, sah sie kurz auf, ohne ihre Tätigkeit zu unterbrechen.

»Guten Morgen, Frau Haller«, sagte Thiel.

»Guten Morgen«, antwortete sie mit einem kleinen Lächeln.

Im Gegensatz zu ihm schien ihr eine durchgearbeitete Nacht wenig oder nichts auszumachen. Ihre Augen waren wach, und sie war so freundlich wie immer.

»Und? Wie weit sind wir?«, fragte Thiel.

Bevor Silke Haller antworten konnte, entfuhr der Staatsanwältin ein »Ach du meine Güte …«.

Thiel und Haller sahen sie an. Klemm starrte auf das Gesicht des toten Priesters.

»Verdoppeln Sie alles, was ich gesagt habe«, murmelte sie.

»Kennen Sie den Mann etwa?«, fragte Haller.

»Allerdings«, sagte Klemm, und ihr Ton verriet, dass

sie darüber ganz und gar nicht erfreut war. »Das ist Ludwig Mühlenberg.«

Thiel beugte sich zu Haller hinunter. »Müsst ich den kennen?«, flüsterte er ihr zu.

Silke Haller verzog zweifelnd das Gesicht. Auch ihr schien der Name nichts zu sagen.

»*Sie* müssen das nicht«, sagte Klemm, ohne den Blick vom Gesicht des Opfers zu wenden. »Sie sind ja ein armes Heidenkind. Ludwig Mühlenberg ist vom Sankt-Vincenz-Seminar.«

»War!«, korrigierte Thiel.

»Dem Priesterseminar?«, fragte Haller.

»... dem Priesterseminar.« Klemm nickte bestätigend. »Da gehen junge Männer hin, wenn sie Priester werden wollen«, erläuterte sie in Richtung des armen Heidenkindes.

»Ich *weiß*, was ein Priesterseminar ist«, antwortete Thiel mürrisch. Er hasste es, wie ein Idiot behandelt zu werden.

»Mühlenberg war dort Regens«, erklärte Klemm, während neben ihnen wieder Hallers Kamera blitzte. »So was wie der oberste Oberhirte. Hat sich in einem Abtreibungsprozess mal zu Wort gemeldet. ›Abtreibung ist Mord‹ und so ... Päpstlicher als der Papst.«

»Na, das ist ja wunderbar«, sagte plötzlich eine pikierte Stimme hinter ihnen.

Die drei fuhren herum. In der Tür, mit schwerst beleidigtem Gesichtsausdruck, stand Professor Boerne.

»Herr Professor ...« Haller starrte ihn fassungslos an.

Boerne starrte zurück.

»Der Krisenstab tagt«, zischte er. »In *meinem* Institut. Über *meiner* Leiche. In *meiner* Abwesenheit.«

Klemm stemmte die Fäuste in die Hüfte und zog misstrauisch die Brauen hoch. »Sie sind doch wohl nicht aus dem Krankenhaus weggelaufen?«, fragte sie.

»Ich habe es vorgezogen, mich selbst zu entlassen«, antwortete Boerne spitz und sah sie über den Rand seiner Brille hinweg ungnädig an. »Gerade noch rechtzeitig, wenn ich diese ... *illustre* kleine Versammlung hier so sehe.«

Haller starrte ihn immer noch mit halb offenem Mund an.

»Alberich, ist was mit den Äuglein?«, fragte Boerne mit bösem Spott.

»Ihre ... Hände ...«, stammelte Haller.

»Korrekt. Meine Hände. Sie befinden sich, wie gewohnt, am Ende meiner Arme«, sagte Boerne leichthin.

Seine Aussage war unfraglich korrekt, beschrieb aber maximal die Hälfte der Tatsachen.

Boernes Linke war bis über den Daumen hinweg bandagiert, nur die Fingerspitzen waren frei, der Unterarm steckte in einer dunkelblauen Plastikschiene. Aber das schien harmlos im Vergleich zum rechten Arm, der in einer Schlaufe an Boernes Oberkörper fixiert und über den Ellbogen hinweg komplett eingegipst war.

»Was *ist* mit Ihren Händen?«, fragte Haller.

»*Gar* nichts.« Boerne schüttelte abwiegelnd den Kopf. »Ein paar Kratzer. Unbedeutende Frakturen.«

»Und?«, fragte Klemm, einigermaßen besorgt. »Wird das wieder?«

»Ja«, sagte Boerne entschieden. »In ein paar Wochen. Aber das wird mich nicht abhalten, meine Pflicht zu erledigen. Alberich – helfen Sie mir mal? Oder soll ich etwa so sezieren?«

Hallers Gesicht drückte stummen Protest aus, als sie zu Boerne ging, um ihm aus dem Mantel zu helfen, was sich als durchaus komplizierte Aufgabe entpuppte.

»Herr Professor, Sie können doch so jetzt nicht arbeiten«, sagte sie, während sie sich vergeblich mühte, den Ärmel des Mantels über die Kunststoffschiene zu ziehen.

Boerne antwortete nur mit einem ärgerlichen Zischen.

Thiel platzte der Kragen.

»Boerne! Sie gehören in ein Krankenhaus!«, sagte er heftig. »Sie sind doch komplett behindert!«

Mit diesem Wort entfachte er in Boernes Augen ein gefährliches Glitzern.

»Völlig *hilflos*, wollte ich sagen«, korrigierte Thiel sich hastig und trat zu Haller, um sie bei dem Bemühen zu unterstützen, den Professor aus dem zweifellos teuren Tuch zu befreien.

»Ich? Hilflos?«, bellte Boerne. »Ich hab hier das liebe, hilfsbereite Fräulein Alberich …«

»Kenn ich nicht«, sagte Haller ungerührt. Nun zerrten sie zu zweit an dem Ärmel herum, was dessen Innenfutter mit einem hässlichen Geräusch quittierte.

»Und zu Hause, nicht wahr …«, fuhr Boerne ungerührt fort, »zu Hause, da hab ich ja Sie, Herr Thiel.«

»Mich?«, entfuhr es Thiel. Das Futter gab reißend nach, aber immer noch steckten der Arm und die Kunststoffschiene darin fest.

»Aber natürlich, Herr Thiel«, sagte Boerne. »Sie können mich doch nach Kräften unterstützen, nicht? Ein bisschen helfen. Kochen, einkaufen, putzen. Ich meine, wofür sind wir denn Kollegen, Nachbarn … Freunde«, setzte er gnädig hinzu.

Mit einem letzten seufzenden Ratschen gab das Ärmelfutter auf und entließ Boernes Unterarm in die Freiheit.

»Der Mantel müsste übrigens in die Reinigung. Da sind Blutspritzer dran«, sagte der Professor zu Thiel. »Alberich – folgen Sie mir unauffällig. Ich möchte gerne meinen Kittel anziehen, und ich befürchte, spätestens bei den Knopflöchern werde ich die Hilfe Ihrer schmalen Hände benötigen.«

***

»Wenn der glaubt, dass ich auch nur fünf Minuten seinen Lustsklaven spiele, dann hat er sich aber geschnitten!« Thiel saß auf dem Beifahrersitz, auf seinen Knien lag ein mittlerweile ziemlich zerknittertes Kleinanzeigenblatt. Neben ihm steuerte Nadeshda den Ford durch die verregnete Münsteraner Innenstadt.

»Mein Vater, der hatte mal ein Gipsbein«, sagte sie. »Das hat acht Wochen gedauert …«

Thiel grunzte leidend. Mit zusammengekniffenen Augen tippte er eine Nummer aus einer Kleinanzeige in sein Handy.

»Ja, Thiel hier«, sagte er, als am anderen Ende abgenommen wurde. »Schönen guten Morgen, ich ruf an wegen Ihrer Anzeige. Ich suche eine Haushaltshilfe … Nur Kinderbetreuung? … Nehmen Sie denn auch ältere Kinder?«

Nadeshda unterdrückte ein Lachen.

»Na, so Mitte vierzig«, sagte Thiel. »Hallo? Hallo …?«

»Das bisschen Haushalt …«, sang Nadeshda fröhlich.

Thiel starrte wütend geradeaus. Nadeshda parkte

den Wagen vor dem Seminar, und sie stiegen aus. Thiel eilte durch den Regen in Richtung des grauen Gebäudes und der Glastür mit der Aufschrift »Bischöfliches Priesterseminar Sankt Vincenz Münster«. Zwei blasse, bebrillte junge Männer mit fusseligen Vollbärten kamen ihnen entgegen. Thiel fragte sie nach der Hausleitung, und sie wiesen ihnen freundlich den Weg.

Der menschenleere Flur, dem sie folgten, war mit dunkelgrauem Granit ausgelegt. Entlang der vom Regen verschlierten Fenster an der linken Seite standen dunkelbraune Kirchenbänke, dazwischen lebensgroße Heiligenfiguren aus dem gleichen dunklen Holz. An der gegenüberliegenden Wand reihte sich Tür an Tür, zwischen denen jeweils eine kleine, gelb leuchtende Wandlampe brannte. Nach Thiels Empfinden verbreiteten sie mehr düstere Stimmung als Licht.

»Wussten Sie, dass Jesus Nichtschwimmer war?«, fragte er.

»Was?« Nadeshda sah ihn verständnislos an.

»Der ist doch immer übers Wasser *gelaufen*«, sagte Thiel.

Nadeshda sparte sich einen Kommentar.

»Ich werd's nie verstehen«, brummte Thiel. »Dass Religion immer so humorlos sein muss. Immer nur Schuld, Blut und Sühne. Die Bibel zum Beispiel: *So* ein dickes Buch und nicht *ein* anständiger Witz drin.«

Der Gang führte sie in eine Halle, von der eine Treppe und ein weiterer Flur abzweigten. Eine Wand war von einem großen Mosaik bedeckt, das zwei Männer mit Heiligenscheinen darstellte, die irgendwelchen Leuten die Hände auflegten. Thiel hatte nicht die geringste Ahnung, wer da wen segnete.

Die Wand gegenüber war mit dem hier wohl unvermeidlichen dunkelbraunen Holz verkleidet, daran hingen, neben einem Jesus am Kreuz, etliche bunte Blätter mit Ankündigungen und Bekanntmachungen. Eine junge, hochgewachsene Frau schloss gerade die Tür eines Büros auf.

»Oh, hallo!«, rief Thiel ihr zu. »Entschuldigung …«

»Ja?«

Die junge Frau sah ihn mit offenem Blick an. Thiel nestelte seinen Dienstausweis aus der Brusttasche seiner Windjacke.

»Thiel mein Name, Kriminalpolizei Münster, und das ist Frau Krusenstern.«

Als er vor ihr stand, stellte Thiel fest, dass die Frau ihn um fast einen Kopf überragte. Sie hatte ein rundes, großflächiges Gesicht mit frischen roten Wangen. Das lange blonde Haar trug sie zu einem festen Knoten gebunden.

»Wir suchen jemanden von der Hausleitung«, sagte Thiel.

»Da müssen Sie zu Herrn Mühlenberg«, sagte die junge Frau und öffnete die Bürotür. »Zimmer 35, den Gang runter.«

»Das tut mir leid.« Thiel räusperte sich. »Der Herr Mühlenberg ist tot.«

Die Frau erstarrte in der Bewegung, dann drehte sie sich langsam zu ihnen um. Der Blick ihrer großen blauen Augen war fassungslos. Hinter ihrer Stirn schien es heftig zu arbeiten.

***

Die junge Frau, die sich ihnen als Dorothea Lenz vorgestellt hatte, ging vor ihnen einen weiteren Gang entlang. Sie schritt so energisch aus, dass Thiel und Krusenstern kaum hinterherkamen. Endlich stieß sie eine große Tür auf, und sie betraten die Kapelle des Seminars, einen Raum von beachtlichen Ausmaßen.

Offenbar war Beichtstunde. Etliche junge Männer saßen verstreut in den Bänken, viele von ihnen beteten kniend. Ein schlaksiger Mittzwanziger verließ gerade einen der beiden Beichtstühle. Ein anderer junger Mann, sehr blass, mit nervösen Augen, stand sofort eilig auf und trat aus der Bank, in der er gesessen hatte.

Dorothea bedeutete ihm mit einer hektischen Geste, sitzen zu bleiben, was der Mann auch tat, wenn auch mit verständnislosem Kopfschütteln. Die junge Frau klopfte leise an den Beichtstuhl. Der Priester darin schob den schweren violetten Vorhang etwas beiseite und sah sie fragend an. Sie neigte sich zu ihm und berichtete flüsternd von der Katastrophe.

Es war Pastor Hans Wolff, wie Thiel vermutete, denn zu dem hatte die junge Frau sie bringen wollen. Tatsächlich verließ der Priester sofort den Beichtstuhl. Die violette Stola nahm er ab und legte sie sorgfältig zusammen, dann kam er mit raschem Schritt auf sie zu.

Er war ein schlanker Mann von Anfang fünfzig. Gut aussehend, soweit Thiel das beurteilen konnte, nur die Stirn unter dem schütteren Haar war vielleicht etwas arg hoch. Er sah kurz zu Nadeshda: Sie wirkte einigermaßen angetan.

Thiel bemerkte die Blicke der Seminaristen, die Wolff neugierig folgten. Besonders der nervöse Blasse starrte unverhohlen zu ihnen herüber.

Wolff bat sie mit einer Geste hinaus; sie folgten ihm durch eine Tür in die Sakristei.

Als Thiel ihm vom Tod des Regens berichtete, musste Wolff sich für einen Moment an dem Tisch abstützen, neben dem sie standen.

»Wohnte Herr Mühlenberg hier im Seminar?«, fragte Thiel.

»Ja. Seine Wohnung ist im Flügel gegenüber.«

»Da würd ich gern mal einen Blick reinwerfen.«

»Selbstverständlich ...«

Wolff wies auf die Tür, die in den begrünten Innenhof des Gebäudes führte. Der Regen hatte aufgehört. Dorothea ging mit Nadeshda voran. Thiel achtete darauf, ihnen ein wenig Vorsprung zu lassen, während er neben Wolff herging.

Der Innenhof war weitläufig, fast schon ein Garten. Der Weg führte zwischen Rhododendren, Ginsterbüschen und einer großen Zeder entlang. In der Mitte des Hofes stand ein großes bronzenes Kreuz.

»Überfahren?« Wolff schüttelte den Kopf. »Wer tut denn so etwas?«

»Hatte er Feinde?«, fragte Thiel, ohne auf die überflüssige Frage einzugehen. »Oder gab's Streit mit irgendwem?«

Drei Seminaristen kamen ihnen entgegen. Wolff erwiderte höflich ihren Gruß. Die jungen Männer musterten Thiel neugierig.

»In jedem guten Priesterseminar wird ständig gestritten«, sagte Wolff. »Von A wie Abtreibung über F wie Frauen im Priesteramt bis Z wie Zölibat. Ludwig war sicher kein Freund von Fortschritt und Erneuerung – aber deswegen wird er doch nicht gleich umgebracht.«

Dorothea drehte sich nach ihnen um, als wolle auch sie hören, was Wolff zu sagen hatte, aber als Thiel sie ansah, ging sie eilig weiter.

»Haben Sie eine Ahnung, wo Herr Mühlenberg hinwollte?«, fragte er Wolff. »Gestern so gegen einundzwanzig Uhr?«

»Sicher zum Bischof. Da wird mittwochs immer Schach gespielt.«

Sie folgten Nadeshda und Dorothea in den anderen Flügel. Wieder ein Gang, so düster wie der erste. Eine Gruppe Seminaristen wartete vor einer Tür, die ihnen gerade von einer hageren, streng blickenden Ordensschwester aufgeschlossen wurde.

»Guten Morgen, meine Herren«, sagte Wolff. Die Gruppe erwiderte den Gruß höflich. »Der Berufungskreis muss heute leider ausfallen.«

Wolff wandte sich an die Schwester. »Schwester Agathe, rufen Sie bitte alle Seminaristen und die Mitschwestern in der Kapelle zusammen.«

Auf der Stirn der Schwester erschien eine steile Falte. Die Frau machte Thiel nicht den Eindruck, als sei sie gewohnt, Anweisungen von Wolff entgegenzunehmen.

»Ich hoffe, es eilt nicht«, antwortete sie in gereizt-freundlichem Ton. »Ich muss nämlich noch in die Biblio–«

»Schwester Agathe. *Bitte*«, unterbrach Wolff sie ernst.

Sie nickte, aber ihr Widerwillen blieb spürbar.

»Die Schwestern begleiten die Seminaristen und sind mit der Haushaltsführung betraut«, erläuterte Wolff, als Thiel sich noch einmal nach der gestrengen Nonne umsah.

Noch einmal bog die kleine Prozession ab, in einen Gang, dessen vorherrschende Farbe nicht mehr Braun, sondern Violett war, aber durch eine lange Reihe gewaltiger Ölschinken an der Wand nicht weniger düster wirkte als die anderen. Er endete in einer weiteren kleinen Halle.

»So, da wären wir«, sagte Dorothea. Sie zog einen beeindruckenden Schlüsselbund aus der Tasche und ging auf eine Tür zu. Plötzlich blieb sie wie angewurzelt stehen.

»Nanu«, sagte Wolff.

»Chef ...« Nadeshda trat auf die Tür zu. Sie stand offen, der Rahmen war aufgehebelt und gesplittert.

»Nix anfassen«, sagte Thiel.

Mit dem Ellbogen schob er die Tür auf. Der große Raum dahinter war offensichtlich durchsucht worden. Überall lagen Papiere herum, Schubladen waren herausgerissen, Schränke standen offen.

Thiel betrat den Raum, vorsichtig seine Schritte setzend, um mögliche Spuren nicht zu zerstören.

Plötzlich tauchte Wolff an seiner Seite auf und sah sich ungläubig um.

»Warten Sie bitte draußen«, blaffte Thiel ihn an, und der Pastor zog sich eilig wieder zurück.

Der Raum war eine Mischung aus Wohn- und Arbeitszimmer. Ein großer, alter Schreibtisch stand darin, aber auch eine Sitzecke mit einem Fernseher.

Auf dem Schreibtisch lag eine offene Bibel, darauf ein Rosenkranz.

»Ruf die Spurensicherung an«, sagte Thiel zu Nadeshda.

***

Silke Haller schob den Rollwagen mit den Instrumenten an den Untersuchungstisch. Boerne saß auf einem Stuhl neben der Leiche, von seiner beobachtenden Rolle offenbar schon frustriert, bevor es richtig losgegangen war. Haller nahm die Schere und setzte sie an das rechte Hosenbein.

»Halt!« Boerne sah sie fragend an. »Was soll das werden?«

»Ich zerschneide die Hose unseres Mordopfers«, sagte Haller und hob die Schere hoch. »Mit dieser Schere.« Ihr Ton war betont geduldig.

»Ist das nicht ein bisschen weit links?«, fragte Boerne.

Mit einem ergebenen Nicken setzte sie die Schere auf der anderen Seite des Hosenbeins an.

»Halt!« Unwillkürlich versuchte Boerne nach der Schere zu greifen und schrie vor Schmerz auf, als er durch die Schiene gebremst wurde. »Mensch, Alberich«, stöhnte er. »Das war jetzt wieder viel zu weit rechts ...«

»Tut mir leid.« Haller schmiss die Schere in den Rollwagen zurück, wo sie klirrend landete. »Ich mach das erst zum zweitausendsten Mal.« Die Lippen wütend zusammengekniffen, begann sie, die Schnürsenkel des Opfers zu öffnen.

»Alberich ...« Boerne nickte mit nachsichtigem Lächeln. »Versuchen Sie es zu verstehen: Ich habe – für den Moment – keine Hände. Aber ich habe – kleiner Trost ... also: *sehr* kleiner Trost – Sie. *Sie* müssen fortan meine Hände sein.«

»*Ich* muss Ihre *Hände* sein?« Haller verzog ziemlich angewidert das Gesicht.

Boerne stand von seinem Stuhl auf und kam um den Obduktionstisch herum. Haller würdigte ihn keines Blickes, während sie sich weiter mit den Schuhen des Toten beschäftigte.

Boerne trat hinter sie. »Sie sind mein Werkzeug. Streng genommen … ja, streng genommen sind Sie gar nicht mehr Alberich.«

Haller zerrte dem Toten den rechten Schuh vom Fuß und bemühte sich um einen gelassenen Gesichtsausdruck, aber der wollte ihr nicht ganz gelingen.

»Sie sind«, sagte Boerne ihr von hinten ins Ohr, »und darauf können Sie auch stolz sein – in etwas Größerem, *deutlich* Größerem aufgegangen. Alberich … gibt's gar nicht mehr.«

Hallers Miene gefror. Wortlos arbeitete sie weiter. Im Büro begann das Telefon zu läuten. Sie reagierte nicht darauf.

»Das Telefon klingelt«, sagte Boerne.

»Stimmt«, antwortete Haller ungerührt und ohne ihn eines Blickes zu würdigen. »Das tut es immer, wenn jemand anruft.«

»Wollen Sie nicht rangehen?«, fragte Boerne erstaunt.

»Wen meinen Sie denn jetzt?«, fragte Haller. Sie drehte sich zu ihm um und funkelte ihn an. »Alberich? Oder die Alberich, die es gar nicht mehr gibt?«

Boerne lächelte, gequält zwar, aber er ging durch die Tür in das Büro. Das moderne anthrazitfarbene Telefon auf dem Schreibtisch schrillte ausdauernd. Ein paar Sekunden blieb Boerne vor dem Gerät stehen und überlegte. Dann beugte er seinen Kopf hinunter und stieß den Hörer mit der Nase von der Gabel. Er landete auf der hellgrauen Schreibtischplatte, allerdings mit den Muscheln nach unten. Boerne musste ihn umdrehen, was ihm durch einen beherzten Stoß mit dem Kinn gelang. Nun musste er ihn nur noch, erneut mit dem Kinn, parallel zur Schreibtischkante platzieren.

Jetzt konnte er den Kopf so darüber halten, dass er den Anrufer hören konnte.

Es war kompliziert und lächerlich, und genau so sah es auch aus.

Hinter ihm war Haller in die Tür getreten. Mit verschränkten Armen und einem süffisanten Lächeln sah sie dem Schauspiel zu.

»Hallo? Hallo!«, rief Boerne, aber der Anrufer, wer immer es gewesen sein mochte, hatte mittlerweile wohl die Geduld verloren und aufgelegt.

Haller nickte noch einmal nachdenklich, dann trat sie wieder in den Obduktionssaal, machte die Glastür des Büros hinter sich zu und schloss sie ab. Den Schlüssel zog sie ab.

Boerne, immer noch über den Telefonhörer gebeugt, sah auf. Als er erkannte, was vorging, wechselte sein Gesichtsausdruck in Sekundenbruchteilen von fragend über fassungslos zu cholerisch.

»Alberich!«, schrie er die Glastür an.

Haller schenkte ihm ein sanftes Lächeln, dann drehte sie sich um und wandte sich ihrer Arbeit zu. Als ihr Blick auf den Priesterkragen des toten Mühlenberg fiel, schlug sie mit dem Schlüssel ein angedeutetes Kreuzzeichen, bevor sie ihn in die Kitteltasche steckte.

»Alberich, jetzt schließen Sie sofort diese Tür wieder auf!«, schrie Boerne, der hinter der Glastür weitertobte. Die Farbe seines Kopfes wechselte vom eher hellen Rot, das man gemeinhin holländischen Tomaten zuschreibt, zum kräftigen Spanientomatenrot.

Aber Haller blieb ungerührt. Sie nahm die Schere wieder auf und begann in aller Ruhe, die Hosenbeine des Mordopfers aufzuschneiden.

»Ich werde Sie abmahnen! Das *ist* eine Abmahnung«,

krakeelte Boerne hinter der Tür. »Sie wissen, was das bedeutet, bei der zweiten Abmahnung kündige ich Sie fristlos!«

Haller würdigte ihn keines Blickes. So entging ihr, wie sehr der tobende Boerne einer gewissen Märchenfigur ähnelte, die darüber in Rage geriet, dass jemand ihren Namen erraten hatte.

»Das *war* die zweite Abmahnung!«, schrie er mit sich überschlagender Stimme.

Ein mildes Lächeln umspielte Hallers Lippen, während sie den toten Regens gewissenhaft und mit professioneller Umsicht entkleidete.

***

»Nein, hören Sie – nein, ich bügle *nicht*!«, sagte Thiel verzweifelt in sein Handy. »Nein, ich *bin* keine Haushaltshilfe, ich suche eine …! Ich *suche* eine!« Seine Stimme bekam etwas Weinerliches. »Hören Sie, ich lege jetzt auf! Ich leg …« Mit resigniertem Kopfschütteln steckte er das Handy weg. »Klei mi an de Feut …«, murmelte er.

Er stand am Fenster von Mühlenbergs Wohnung, hinter ihm waren zwei Mann von der Spurensicherung in ihren weißen Plastikoveralls mit der Suche nach Verwertbarem beschäftigt.

»Fingerabdrücke negativ«, sagte der Mann, der den Schreibtisch untersuchte. »Handschuhe.«

»Irgendwelche Hinweis, wann das gewesen sein könnte?«, fragte Thiel.

»Wenn das Aufbrechen der Tür keiner gehört hat, dann denk ich doch mal: nachts«, sagte der Mann hinterhältig lächelnd.

»Klugscheißer«, brummte Thiel und ging hinaus.

Draußen, in dem violetten Gang, beendete Nadeshda gerade ein Telefonat.

»Ja, vielen Dank«, sagte sie. »Auf Wiederhören.«

Thiel trat zu ihr.

»Ich habe mit dem Büro Seiner Eminenz gesprochen«, sagte Nadeshda.

Thiel runzelte die Stirn. »Bitte mit wem?«, fragte er.

»Seiner Eminenz dem Bischof.«

»Aha ...« Thiel war wenig beeindruckt. Die Hände in den Taschen, setzte er sich in Bewegung und ging den Flur hinunter. Nadeshda blieb neben ihm.

»Laut seiner Sekretärin hat er gestern Abend wie gewohnt Mühlenberg zum Schachspiel erwartet«, sagte sie.

»Also war Mühlenberg tatsächlich auf dem Weg zum Bischof«, sagte Thiel.

»Ja«, bestätigte sie. »Der Tatort liegt direkt auf dem Weg.«

An einem Leuchter mit einem Dutzend brennender Kerzen blieb Thiel stehen.

»Mühlenberg kommt aber nie dort an, weil er vorher überfahren wird. Und noch in der gleichen Nacht wird sein Büro durchsucht ... Komisch!«

Nachdenklich sah er in die flackernden Flammen.

»Ich geh dann mal zum Gottesdienst«, murmelte er dann.

***

Pastor Wolff hatte mit der Andacht bereits begonnen. Auf Zehenspitzen schlich Thiel sich in die Kapelle und fand einen Platz, nicht weit entfernt von Dorothea. Sie sah ihn unsicher an, so als fühle sie sich unwohl in seiner Gegenwart.

Thiel blickte sich um. Die Kapelle war gut gefüllt, überwiegend mit Seminaristen, Geistlichen und Ordensschwestern.

Auf der Empore hinter ihm begann die Orgel zu spielen; alle Anwesenden erhoben sich und begannen zu singen. Auch Thiel stand auf. Mit einem verstohlenen Blick bemerkte er, dass niemand ins Gesangbuch schauen musste. Offenbar kannte jeder hier das Lied. Jeder bis auf Thiel. Er bemühte sich, die Melodie mitzubrummen und so zu tun, als wäre es ihm keinesfalls unangenehm, so ganz offensichtlich der Außenseiter zu sein. Er war erleichtert, als das Lied zu Ende war und die Orgel verstummte. Alle setzten sich wieder, und Thiel tat es ihnen gleich.

Vorn am Altar drehte Pastor Wolff sich um und wandte sich an die Gläubigen.

»Der Tod unseres Regens erfüllt uns alle mit tiefem Schmerz«, sagte er. »Er war uns Freund. Er war uns Lehrer. Er war uns Vorbild.«

Thiel ließ seinen Blick durch die Bankreihen wandern. Überall sah er ernste, nachdenkliche Gesichter, aber niemand hier schien von tiefer Trauer erfüllt. Doch dann entdeckte er Schwester Agathe. Starr und aufrecht saß sie in ihrer dunkelgrauen Tracht zwei Bänke vor ihm. Ihre Wangen glänzten nass vor Tränen. Unverkennbar rang sie schwer um ihre Haltung.

Pastor Wolff faltete die Hände und hob den Blick gen Himmel.

»Herr, wir bitten dich: Gib uns Kraft in dieser schweren Stunde, sei unser Halt, unsere Zuflucht, unsere Gerechtigkeit. Amen.«

Nun gelang es Schwester Agathe nicht mehr, die gestrenge Fassade aufrechtzuerhalten. Ihr Oberkörper knickte nach vorn, und sie schlug die Hände vors Gesicht.

»Amen«, murmelte Thiel.

***

Silke Haller öffnete die Tür zum Büro und blieb darin stehen, ihr süßestes Lächeln auf dem Gesicht, aber Boerne sah sie nicht an. Reglos saß er auf einem Stuhl und starrte aus dem Fenster, Miene und Haltung ein einziger Vorwurf.

»Angenommen, ich wäre wieder eine eigenständige Existenz«, sagte Haller mit sanfter Stimme, »dann könnte ich Ihnen jetzt etwas wirklich Interessantes zeigen.«

Als einzige Reaktion Boernes war ein leichtes Vorschieben der Unterlippe zu bemerken. Haller blieb geduldig schweigend in der Tür stehen. Sie wusste, dass der Professor gar nicht so beleidigt sein konnte, dass er etwas *wirklich Interessantem* auf seinem Obduktionstisch würde widerstehen können.

Boerne hielt noch etwa fünfzehn Sekunden lang durch, dann stand er auf und ging in den Obduktionssaal, sorgfältig darauf achtend, Haller nicht mit einem Blick auch nur zu streifen.

Neben dem Tisch mit dem von grünem Tuch bedeckten Mühlenberg blieb er stehen und starrte zur Decke, bis Haller das Tuch für ihn anhob.

»Sehen Sie selbst«, sagte sie. »Kommen Sie drauf?«

Boerne senkte den nach wie vor beleidigten Blick auf den Leichnam, aber schon nach wenigen Sekunden änderte sich sein Gesichtsausdruck. Er ging in die

Knie und starrte auf die Stelle, die Haller ihm gezeigt hatte.

»Holen Sie mal meine Kamera«, sagte er, ohne den Blick von der Leiche zu nehmen.

Silke Haller nickte zufrieden.

***

Thiel folgte Schwester Agathe, die zielstrebig durch den Garten auf den gegenüberliegenden Gebäudeflügel zuging.

»Schwester Agathe!«, rief Thiel, und sie wandte sich zu ihm um.

Die Tränen in ihrem Gesicht waren getrocknet, und sie hatte ihre strenge Haltung wiedergefunden. Kühl und beherrscht sah sie ihm entgegen.

»Schwester Agathe, ich hab da noch 'ne Frage«, sagte Thiel, als er sie erreicht hatte. »Herr Mühlenberg war nicht sonderlich beliebt, oder?«

Schwester Agathes Mund bildete einen schmalen Strich. »Auf so etwas wie *Beliebtheit* konnte Herr Mühlenberg gut verzichten«, sagte sie kühl.

»Aber Sie – Sie mochten ihn«, sagte Thiel.

Er entdeckte einen jungen Seminaristen hinter einem Fenster im ersten Stock, der sie beobachtete. Es war der blasse Schlaks, der vor Wolffs Beichtstuhl gewartet hatte.

»Sie waren die Einzige, die heute hier um ihn geweint hat«, sagte Thiel.

Dorothea kam den Weg entlang. Thiel trat zur Seite, um sie vorbeizulassen. Sie dankte höflich. Er bemerkte ihren neugierigen Blick auf ihn und die Schwester.

»Ich weine um das, was Regens Mühlenberg für

dieses Haus bedeutet hat«, sagte Schwester Agathe, nachdem Dorothea in einer der Türen verschwunden war. »Die positive Kraft von Regeln. Die Liebe zu innerer Einkehr und Stille. Das hat er für alle hier verkörpert.«

Zwei Seminaristen kamen aus dem Haus, und wieder mussten sie Platz machen. An ein ungestörtes Gespräch war hier nicht zu denken; der Weg, auf dem sie standen, wurde stark frequentiert.

»Wer wird denn neuer Regens?«, fragte Thiel. »Der Herr Wolff vielleicht?«

»Das will ich nicht hoffen«, entfuhr es Schwester Agathe.

Thiel sah sie an, einigermaßen überrascht von ihrer Offenheit.

»Herr Wolff ist ein netter Mann«, fuhr sie in einem bemüht konzilianten Ton fort. »Aber ein Seminar ist eine harte Schule – für ein hartes Amt.«

Wieder drängte jemand vorbei; als er außer Hörweite war, klang Schwester Agathes Stimme wieder scharf wie zuvor.

»Herr Wolff findet es ja nicht mal nötig, als Teil unserer Hausgemeinschaft hier zu wohnen«, zischte sie. »Herr Mühlenberg und er hatten deswegen vor Kurzem noch Streit. Einen *lautstarken* Streit.«

»So?«, fragte Thiel.

»Hat Ihnen Herr Wolff das denn nicht erzählt?«, fragte Schwester Agathe mit einem kalten Lächeln.

***

Die Aula des Seminars war von Gemurmel erfüllt. Etliche kleinere Gruppen hatten sich gebildet. Die Stühle waren zu Kreisen zusammengeschoben, deren Mittelpunkt jeweils ein Polizist mit einem Notizblock bildete. Alle Seminaristen, Lehrer, Schwestern und das sonstige Personal des Seminars wurden systematisch befragt: nach dem gestrigen Abend und nach ihrer Beziehung zu Regens Mühlenberg.

Nadeshda entdeckte den auffällig blassen jungen Mann mit dem langen dunklen Haar wieder, der ihr eben in der Kapelle schon aufgefallen war. Nervös strich er sich die störrischen Strähnen immer wieder aus dem Gesicht. Ohne nennenswerte Unterbrechung kaute er an seinen Fingernägeln.

Nadeshda setzte sich ihm gegenüber, und der junge Mann schrak zusammen. Sein Blick streifte über ihre offenen blonden Haare und ihr Dekolleté, dann sah er zur Seite.

Eigentlich war er ein hübscher Bursche, aber in seiner Fahrigkeit wirkte er hilflos und schwach.

Nadeshdas Blick fiel auf eine Reihe von drei Wörtern, die in großen Lettern an der Wand des Seminarraums geschrieben standen.

»Armut. Keuschheit. Gehorsam«, las sie vor.

Der junge Mann sah sie verständnislos an, dann folgte sein Blick dem ihren, und er drehte sich zur Wand um.

»Ach so«, murmelte er. »Ja. Das sind die Regeln, nach denen wir leben.«

»Ganz schön altmodische Regeln«, sagte Nadeshda.

»Finden Sie? Geld scheffeln, Ellenbogen ausfahren, jeder gegen jeden – das finde ich um einiges weltfremder.«

»Ja, vielleicht. Aber – Keuschheit?« Ein kleines Funkeln trat in ihre Augen. Sie hatte durchaus ihren Spaß daran, den hübschen, schüchternen Seminaristen zu verunsichern.

»Man verschreibt sich als Priester einem ehelosen Leben«, sagte der.

»Und warum tut man sich das an?«

»Das nennen wir Berufung.« Er nagte an seinem Daumennagel.

»Ja.« Nadeshda nickte verstehend. »Ja, das kenn ich auch. Deswegen bin ich Polizistin geworden.« Sie lächelte ihn offen an. »Aber ich find Sex trotzdem wichtig. Also für die Seele und so …«

Ihr Gegenüber räusperte sich heftig.

Nadeshda klappte ihren Notizblock auf. »Nennen Sie mir bitte Ihren Namen?«, sagte sie.

»Johannes Bott.«

»Können Sie mir sagen, wo Sie gestern Abend waren?«

»Ja, klar«, antwortete Bott.

***

»Hallo?«, sagte Thiel. Das Vorzimmer war leer, die Tür von Wolffs Büro stand weit offen. »Hallo?«, rief er, diesmal etwas lauter.

Thiel durchquerte das Vorzimmer und trat in das Büro, aber hier war auch niemand. Als er sich umdrehte, um den Raum wieder zu verlassen, stand plötzlich Dorothea vor ihm. Thiel fuhr heftig zusammen, er hatte sie nicht hereinkommen hören. Misstrauisch sah die große junge Frau auf ihn herab.

»Können Sie mir vielleicht sagen, wo ich Herrn Wolff finde?«, fragte er.

»Herr Wolff ist nach der Andacht zu sich nach Hause. Er gibt dort Geigenstunden.«

»Ah ja. Wo wohnt der Herr Wolff denn? In der Nähe?«

»Magdalenenstraße 5.« Ihr Blick war unverändert abweisend.

»Vielen Dank«, sagte Thiel. »Sehr freundlich«, setzte er noch hinzu. Aber auch das blieb ohne Wirkung auf Dorotheas Ausdruck.

Beim Hinausgehen verdrehte Thiel genervt die Augen. Die junge Frau schien sich sehr zu bemühen, seine Vorurteile über Kirche und ihre Bediensteten zu bestätigen.

Thiel ging die paar hundert Meter zu Fuß. Er lief hinter der Überwasserkirche den Spiegelturm entlang und genoss die frische Morgenluft, die nun langsam doch frühlingshaft wurde, was er nach dem langen Winter kaum noch zu hoffen gewagt hatte.

Die Haustür des Mietshauses an der Magdalenenstraße war unverschlossen. Er betrat das Treppenhaus. Wolffs Wohnung war im Hochparterre. Als Thiel vor der Tür stand, lauschte er einen Moment. Drinnen wurde Geige gespielt.

Thiel war einigermaßen beeindruckt. Er hatte den Klang übender Geigen aus seiner Kindheit anders in Erinnerung. Wenn seine Cousine Vera Unterricht gehabt hatte, hatte sich das immer mehr nach gequälter Katze als nach Streichinstrument angehört. Aber dies hier klang entschieden nach Musik.

Plötzlich wurde das Spiel unterbrochen.

»Ach, *bitte*!«, sagte eine scharfe Stimme hinter der Tür. Es war die von Wolff. Er sagte noch etwas, aber so leise, dass Thiel es durch die Tür nicht verstehen konnte. Es klang wie eine Entschuldigung.

Die Geige begann wieder zu spielen. Thiel drückte auf den Klingelknopf.

Wolff öffnete ihm nach wenigen Sekunden, eine Geige in der Hand. »Ach, Herr Thiel … möchten Sie reinkommen?«, fragte er.

Thiel folgte ihm in die Wohnung. Sie war wohnlich und geschmackvoll eingerichtet, und nur wenig wies darauf hin, dass hier ein Geistlicher lebte. Wo die Wände nicht von Bücherregalen bedeckt waren, hingen zahlreiche Kunstdrucke, aber auch eine Laute und etwas, das wie ein original indianischer Tomahawk aussah.

Im Wohnzimmer stand ein Junge im Teenageralter. Er trug eine große Brille im noch weichen Gesicht, das dichte Haar fiel ihm in dunkelblonden Wellen in die Stirn. Er hielt seine Geige fest in beiden Händen und trat schüchtern von einem Fuß auf den anderen.

»Steffen, das ist Herr Thiel. Er ist Polizist«, stellte Wolff ihn vor. »Herr Thiel, das ist Steffen, mein begabtester Schüler.«

Ein kleines, stolzes Lächeln blitzte in Steffens Gesicht auf. Aber Thiel hatte keine Zeit für Wohlwollen. Er wandte sich an Wolff und stemmte die Fäuste in die Hüften.

»Herr Wolff, mich würde mal interessieren, warum Sie mir die Auseinandersetzung mit Herrn Mühlenberg verschwiegen haben«, sagte er scharf.

Wolff erstarrte für einen Moment, dann wandte er sich an den Jungen.

»Steffen, es tut mir leid, wir holen die Stunde nach«, sagte er.

Der Junge nickte stumm, er schien ernstlich betrübt darüber, auf seinen Unterricht verzichten zu müssen. Sorgfältig und liebevoll bettete er die Geige in ihren Koffer und sammelte seine Noten ein.

»Sagen Sie dann einfach Bescheid«, sagte er zu Wolff.

»Mach ich.«

Steffen reichte Thiel höflich die Hand und machte einen kleinen Diener, als der sie ergriff.

»Auf Wiedersehen.«

»Tut mir leid«, sagte Thiel.

Wolff geleitete den Jungen zur Tür.

»Lassen Sie mich raten. Schwester Agathe?«, fragte er, als er das Wohnzimmer wieder betrat.

Thiel ging nicht darauf ein. »Wo waren Sie eigentlich vergangene Nacht?«, fragte er stattdessen.

»Daheim«, antwortete Wolff.

Thiel studierte die Buchrücken in dem Regal vor ihm. Es waren Romane, Biographien und musikalische Fachbücher. Theologische Werke standen hier nicht.

»Waren Sie allein?«, fragte er.

»Aber Herr Thiel! Sie lesen doch Zeitung und sehen fern«, sagte Wolff mit einem bitteren Lächeln. »Sie wissen doch, Priester führen ein ausschweifendes Sexualleben. Wer nicht seine Haushälterin liebt, ist schwul oder pädophil.«

Er entspannte seinen Geigenbogen und legte ihn sorgsam auf einem Notenständer ab.

»Ja, ich war allein«, sagte er dann.

Thiel hatte keineswegs vor, in eine Diskussion um Zölibat oder Sexualmoral einzusteigen.

»Worum ging es bei dieser Auseinandersetzung?«, fragte er.

Wolff zuckte die Achseln. »Ludwig hat mir wieder mal seine Nachfolge angetragen. Und ich habe wieder mal dankend abgelehnt … Und deswegen gab's wieder mal Streit.«

Thiel verschränkte die Arme vor der Brust. »Komisch, es gibt Menschen, die behaupten, es sei genau anders herum gewesen.«

Wolff lachte traurig. »Es tut mir leid, dass Schwester Agathe keine bessere Meinung von mir hat. Aber ich bin Priester, Herr Thiel – und das ist genau das, was ich sein wollte. Als Regens hätte ich jede Menge Papierkram und kaum noch Zeit für die Seminaristen. Und außerdem ...«, sein Blick deutete auf die Bücherregale, »außerdem müsste ich dann ins Seminar ziehen.«

»Und das wollen Sie nicht«, stellte Thiel fest.

»Möchten Sie gern im Polizeirevier wohnen?«, fragte Wolff mit leisem Spott.

Thiel sagte nichts. Aber das war natürlich ein Argument von einiger Durchschlagskraft.

Er ließ sich von Wolff zur Wohnungstür begleiten.

»Wenn Sie noch Fragen haben, gerne jederzeit wieder«, sagte Wolff, als er die Tür öffnete. Er lächelte ein sanft verständnisvolles Lächeln. Thiel vermutete, dass Geistliche so etwas wohl können mussten.

Wolff hielt ihm die Tür auf, und Thiel trat hinaus ins Treppenhaus. Eine dunkelblonde Frau von Anfang fünfzig war gerade damit beschäftigt, einen Zettel an die Pinnwand neben den Briefkästen zu hängen.

»Ach, Frau Ellinghaus ...«, sagte Wolff, als er sie sah.

»Tag, Herr Wolff«, sagte die Frau freundlich, nahm ihre Einkaufstaschen auf und ging zur Treppe.

»Ich hab Steffen schon nach Hause geschickt«, sagte Wolff. »Ich stehe heute etwas neben mir ...«

»Das ist mir ganz lieb«, sagte Frau Ellinghaus. »Er hat ein bisschen Temperatur.« Sie nickte Thiel einen flüchtigen Gruß zu und stieg mit schnellen Schritten die Treppe hoch.

»Tschüss, Herr Thiel«, sagte Wolff und schloss die Wohnungstür.

»Tschüss«, sagte Thiel und wollte gerade die Treppe zur Haustür hinunter, als sein Blick auf Frau Ellinghaus' Zettel an der Pinwand fiel.

Liebe Nachbarn, las er,

ich suche einen Job als Haushaltshilfe.

Meine Kenntnisse: ausgebildete Krankenschwester, jahrelange Erfahrung als private Altenpflegerin, Rundum-Haushaltsservice.

Am unteren Rand stand ein Dutzend Mal eine Telefonnummer zum Abreißen. Thiel zog entschlossen den Pinn aus dem Kork der Wand und nahm das ganze Blatt mit.

***

Nadeshda stand im Treppenhaus des Präsidiums und plauderte angeregt mit einem uniformierten Kollegen. Als Thiel an ihr vorbei die Treppe hinaufging, nickte sie ihm beiläufig zu und unterhielt sich ungerührt weiter. Thiel drehte sich um.

»Was ist? Gibt's neue Informationen, oder was?«, blaffte er sie an.

Der Kollege beeilte sich, aus der Schusslinie zu kommen. Nadeshda verzog leicht beleidigt den Mund, folgte Thiel aber brav in den ersten Stock.

»Sämtliche Schwestern haben angegeben, gestern Abend im Seminar gewesen zu sein«, referierte sie. »Dorothea war zu Hause, und die Seminaristen überprüfen wir noch.«

Sie gingen den Flur mit den grün und rot gestrichenen Betonwänden entlang, und Thiel fiel plötzlich auf, dass es hier kein bisschen weniger düster war als in den Fluren des Seminars.

»Und das Taxi?«, fragte er.

»Leider keine Spur«, sagte Nadeshda. »Aber ich hab mir mal die Mühe gemacht und alle neueren Fälle rausgesucht, bei denen die Tatwaffe ein Auto war.«

»Und?«

Nadeshda grinste. »Es gibt keine«, sagte sie. »Leute bringen sich selbst um mit ihrem Auto. Oder begehen Fahrerflucht nach einem Unfall. Aber ein gezielter Mord – das ist echt selten.«

Thiel zuckte die Achseln. »Vielleicht war es ja auch eine Affekthandlung. Der Täter findet das Taxi verlassen vor und entscheidet in dem Moment: *das* ist meine Mordwaffe.«

Sie erreichten Thiels Büro. Er hatte gerade die Klinke in der Hand, als er von der Seite angesprochen wurde.

»Herr Thiel?«

Eine kleine alte Dame mit Pelzhut und einer großen Einkaufstasche saß auf einer der Wartebänke.

»Sind Sie Herr Thiel?«, fragte sie und erhob sich.

»Ja …?«, antwortete Thiel vorsichtig. Seine Lust, sich mit tüdeligen alten Damen auseinanderzusetzen, hielt sich momentan in noch engeren Grenzen als gewöhnlich.

»Sie müssen mir helfen, Herr Thiel.« Die Dame begann in ihrer Tasche zu wühlen. »Es geht um Grabräuberei. Hier! Auf dem Friedhof hat man mir …«, sie zerrte einen schweren metallenen Gegenstand aus der Tasche, »… mein schönes Grablicht zerstört. Bitte schauen Sie sich das an!«

Eines der vier Fenster des aufwendig gearbeiteten Grablichts war zerbrochen.

»Tut mir leid«, sagte Thiel energisch. »Grabräuberei ist im Erdgeschoss, erste Tür links.«

Er lächelte schmal und verabschiedete sich mit einem Nicken in sein Büro. Die Tür schloss er schnell hinter sich.

Nadeshda sah ihm fassungslos nach. Er hatte sie einfach mit der Frau allein gelassen. Mit verlegenem Lächeln steckte sie die Hände in die Taschen ihrer engen Jeans. Die Frau hielt ihr ratlos flehend die Bronzelampe hin.

»Äh, ja«, sagte Nadeshda und strahlte die alte Dame an. »Schönen Tag noch.« Damit eilte sie den Gang hinunter, zurück in Richtung Treppenhaus.

***

»Irgendwas *zieht* hier.« Professor Boerne hockte auf einem Stuhl neben dem Obduktionstisch und war von einer dichten Wolke schlechter Laune umgeben, die Haller routiniert ignorierte, während sie die in Kunststofftüten verpackten Kleidungsstücke des toten Ludwig Mühlenberg sortierte.

»Außerdem ist es zu kalt«, quengelte Boerne weiter. »Da holt man sich ja den Tod. Drehen Sie mal die Heizung hoch.«

»Sobald der Pfarrer im Kühlfach ist, mach ich auch die Heizung wieder an«, sagte Haller mit feinem Lächeln und stapelte die Tüten mit der Kleidung in eine graue Plastikbox.

»Moinsen!« Ein gut gelaunter Hauptkommissar Thiel kam vom Gang herein.

»Na endlich«, sagte Boerne. »Ist das ein Lächeln in Ihrem Gesicht, oder hatten Sie einen Schlaganfall?«

»Ich freu mich einfach wahnsinnig, dass Sie noch am Leben sind«, sagte Thiel betont freundlich und erntete damit ein verstecktes Grinsen von Haller.

Boerne erhob sich von seinem Stuhl und ging zu dem großen Leuchtkasten an der Wand hinter ihm, an dem die Fotos der Obduktion hingen.

»Prellungen, Frakturen, ein schweres Schädel-Hirn-Trauma – unser Geisterfahrer hat da ein Polytrauma wie aus dem Lehrbuch hinterlassen«, dozierte Boerne, hörbar mit sich zufrieden. »Einzig und allein diese Hämatome hier, die passen nicht ins Bild ...« Er versuchte, auf ein Foto zu zeigen, was mit seinen lädierten und geschienten Armen nicht gelingen konnte. »Alberich!«, kommandierte er ärgerlich.

Haller trat an den Leuchtkasten und wies auf das entsprechende Foto. Es zeigte in starker Vergrößerung einen blassen, halbmondförmigen blauen Fleck.

»Der Mann ist überfahren worden«, sagte Thiel kopfschüttelnd. »Da hätte selbst *ich* blaue Flecken.«

»*Sie* sind ja auch noch am Leben«, entgegnete Boerne und sah Thiel über den Rand seiner Brille hinweg an. »Mühlenberg aber war nur Minuten nach der automobilen Attacke tot. Sein Organismus war gar nicht in der Lage, Hämatome dieser Spezifik auszubilden.«

Boerne sah ihn auffordernd an, und Thiel wusste, was von ihm erwartet wurde. Die Herrschaften wollten ihren Triumph gebührend gewürdigt wissen.

»Ja, woher *hat* er die denn?«, fragte er also brav.

»Ein heftiger Sturz nach hinten, auf den Allerwertesten«, sagte Haller. »Und auf die Hände.«

Boerne wandte sich wieder dem Leuchtkasten zu. »Diese dunklen Halbmonde jedenfalls stammen von Fußtritten«, sagte er.

Thiel zog überrascht die Augenbrauen hoch. »Der Priester ist getreten worden?«, fragte er.

»Vier Mal«, bestätigte Boerne. »Und zwar ziemlich kräftig. Als er schon am Boden lag.«

»Am Boden?« Thiel runzelte die Stirn. Er sah zu Mühlenberg, den die scharfen Gesichtszüge und der dichte weiße Vollbart selbst auf dem Obduktionstisch noch würdevoll aussehen ließen. In welcher Situation konnte ein solcher Mann auf dem Boden gelegen haben und auch noch getreten worden sein?

»Kann man das zeitlich irgendwie zuordnen?«, fragte er.

»Zwei bis drei Stunden vor seinem Tod«, sagte Boerne und ging zu der Box mit den verpackten Kleidungsstücken hinüber. »Daher dürften auch die Erdflecken auf seinem Mantel rühren. Also vom Mord in der Altstadt jedenfalls stammen sie nicht.«

»Erdflecken …«, murmelte Thiel.

»Apropos!« Boerne sah ihn scharf an. »Was haben Sie eigentlich mit meinem Mantel gemacht? In die Reinigung gebracht?«

Thiel grinste. »Aufgegessen«, sagte er.

DREI

Thiel wechselte Boernes Aktentasche in die linke Hand und schloss auf, dann hielt er Boerne die Haustür auf.

»Hereinspaziert«, sagte er.

Boerne trat an ihm vorbei ins Haus. Auch ohne den zusammengekniffenen Mund und die Art, wie er blasiert an ihm vorbeistakste, wusste Thiel, dass er vergeblich auf ein Dankeschön warten würde. Darum ließ er es gleich.

Sie waren gerade erst ein paar Stufen die Treppe zum Hochparterre hochgestiegen, als Boerne angewidert die Nüstern blähte. Jetzt nahm auch Thiel es wahr: Zigarettenrauch. Den Qualm hätte Boerne ihm möglicherweise noch nachgesehen, aber das halbe Dutzend Stummel seiner Selbstgedrehten, die Herbert Thiel auf der untersten Stufe der Treppe zum ersten Stock, auf der er saß, ausgedrückt hatte, überforderte die Toleranz des Professors erheblich. Ohne seine eingegipsten Hände wäre er wahrscheinlich handgreiflich geworden, wie Thiel vermutete. Eilig schob er sich zwischen Boerne und seinen alten Herrn und ärgerte sich zum ungezählten Male über die Doppelfunktion, die Boerne ihm gegenüber einnahm. War er als Rechtsmediziner schon eine Nervensäge, als Vermieter war er die Pest.

»Vaddern«, sagte Thiel. »Hier ist Rauchverbot.«

Boerne starrte hochroten Hauptes auf die Kippen und den Haufen Asche, in dem sie lagen.

»Ich mach das nachher weg. Entschuldigung«, murmelte Thiel.

Herbert Thiel ging nicht auf das Thema ein. »Wo ist mein Taxi?«, fragte er laut und ärgerlich.

»Wir halten es an einem geheimen Ort gefangen«, antwortete Thiel, aber wie eigentlich immer verfing Ironie nicht bei dem alten Helden des Freiheitskampfes. Sein Vater erhob sich von seinem Sitzplatz. Boernes Meinung zu seiner Raucherhinterlassenschaft hatte er gar nicht wahrgenommen und würde es auch nicht tun, wie sein Sohn wusste.

»Sonst noch was?«, fragte Thiel.

»Ja«, sagte sein Vater. »Ich brauch deine Leeze.«

»Meine Leeze?« Thiel sah ihn zweifelnd an.

»Das ist Münsterdeutsch für Fahrrad«, bemerkte der Professor hinter ihm spitz.

Thiel verzog das Gesicht. »*Danke*, Herr Professor! Ich *weiß*, was eine Leeze ist!«

Sein Vater baute sich nun provozierend vor ihm auf. Er trug wie immer seine alte Lederjacke und ein Palästinensertuch, das voller Brand- und anderer Flecken war, deren Herkunft Thiel gar nicht kennen wollte.

»Mit irgendwas muss ich mein Taxi ja suchen, wenn ihr's nicht macht«, nörgelte Herbert.

»Mit *meinem* Rad? Wann bist 'n du das letzte Mal Fahrrad gefahren?«, fragte Thiel, fummelte aber gleichzeitig seinen Fahrradschlüssel vom Bund.

»Das war 83, in Brokdorf«, antwortete sein Vater.

Oha, dachte Thiel. Falsche Frage.

»Da waren Wasserwerfer«, fuhr Herbert begeistert fort. »Und ich war vollkommen nackt, und die Mädels da, die waren …«

»Ja, Vadder«, unterbrach ihn Thiel. »Ich weiß, das war 'ne spritzige Zeit damals … So, hier, es steht vorm Revier.«

Er drückte Herbert den Schlüssel in die Hand, griff ihn am Oberarm und dirigierte ihn in Richtung Ausgang.

»Und fahr mir bitte keine Beulen rein«, sagte er drängend.

»Jaja«, sagte sein Vater nur und trabte die Treppe hinunter.

Boerne versuchte derweil, die Hinterlassenschaften von Herbert Thiels unkontrolliertem Nikotinkonsum zu beseitigen, indem er die Zigarettenstummel mit dem Fuß von der Stufe herunterwischte, was im Resultat eher kontraproduktiv war. Thiel sagte dennoch nichts dazu, weil er vermutete, dass jede Art von Aktivität die Laune des gehandicapten Professors heben würde. Von 6 minus auf glatt 6 vielleicht.

»So, wo waren wir stehen geblieben?«, fragte er stattdessen.

»Vor meiner Tür«, antwortete Boerne.

Thiel stellte die Aktentasche ab und beeilte sich, dem Professor endlich die Wohnung aufzuschließen.

Boerne wartete ungeduldig, während Thiel ungeschickt mit dem Schlüsselbund hantierte. Zum ungezählten Male bereute er, diesem Doppellinkshänder ausgerechnet die Wohnung gegenüber vermietet zu haben. Als Kriminaler war der Mann mit seinen schlecht beherrschten Emotionen schon eine Zumutung für einen Wissenschaftler von Boernes Rang, aber als Mieter war er das Allerletzte. Und wenn er diesen schlecht riechenden Althippie noch einmal mit einer Zigarette in seinem Treppenhaus anträfe, würde er mit Waffengewalt gegen ihn vorgehen und hinterher Notwehr geltend machen.

»So … *et voilà*«, sagte Thiel, als er die Tür endlich

aufhatte. Boerne drängte an ihm vorbei in seine Wohnung, prallte aber zurück, als er durch die offene Tür im Wohnzimmer einen pummeligen Teenager in blauer Jeansjacke stehen sah. Mehr als dass sich ein ihm völlig unbekannter Junge in seiner Wohnung befand, schockierte Boerne die Tatsache, dass dieser präpotente Halbstarke seine Kurtzendörffer in der Hand hielt. Fast hätte er sich auf ihn gestürzt, allein die Sorge um das Instrument ließ ihn Zurückhaltung wahren. So gut es ging, vollführte er mit seinen gefesselten Händen eine flehende Geste.

»Bitte … bitte … nicht anfassen«, sagte er, als spräche er zu einem Geiselgangster, der … nun ja, wen auch immer in seiner Gewalt hatte. Ein brünettes, vollbusiges Model zum Beispiel.

Erst als der Junge die Geige wieder in den Koffer gelegt hatte, der offen vor ihm auf dem Tisch stand, wagte er, einen angemesseneren Ton anzuschlagen.

»Wie kommen Sie überhaupt hier rein?«, fauchte er. »Ich hol die Polizei!«

Hinter ihm betrat Thiel das Wohnzimmer, und Boerne hatte den Eindruck, dass er die Situation ganz und gar nicht erfasste. »Thiel …«, sagte er, aber der machte eine beschwichtigende Geste.

»Ganz ruhig, Herr Professor. Ich kann das erklären.« Lässig warf er Boernes Aktentasche auf den Tisch, wo sie gegen den immer noch offenen Geigenkoffer prallte, der dadurch gefährlich in Richtung Tischkante rutschte.

»Bitte!«, schrie Boerne. »Das ist eine original Kurtzendörffer! Das ist ein Erbstück in dritter Generation, die ist frisch restauriert, die ist mit Geld gar nicht zu bezahlen, die …«

Es gelang ihm mühsam, die Contenance zu wahren, nur um sogleich den nächsten Schlag einstecken zu müssen. In der Tür zur Diele stand auf einmal eine Frau, die er noch nie in seinem Leben gesehen hatte. Sie trug einen kleinen Strauß Glockenblumen in der Hand, lächelte ihn an und sagte: »Hallo.«

»Ah ja«, sagte Thiel, als wäre diese Farce hier etwas völlig Übliches und Selbstverständliches. »Darf ich vorstellen: Das ist Frau Ellinghaus, Herr Professor Boerne …«

»Karin. Nennen Sie mich Karin.« Die Frau lächelte verlegen und wies auf den jeansbejackten Jungen. »Das ist mein Sohn Steffen, er hat mir nur beim Tragen geholfen.«

Boerne musterte den Burschen erneut. Er stand stumm und beleidigt neben dem Geigenkoffer und wurde kein bisschen sympathischer dadurch, dass Boerne nun seinen Namen wusste.

»Ich habe Frau Ellinghaus den Ersatzschlüssel gegeben, damit sie hier schon mal anfangen kann«, sagte Thiel leichthin.

Boerne versuchte zu verstehen, was in seiner Wohnung gerade geschah, aber es gelang ihm nicht.

»Sieht hier ja aus wie bei Hempels unterm Sofa«, setzte Thiel noch mit einem Grinsen hinzu.

Boerne näherte sich Thiels Ohr.

»Wer sind diese Leute?«, fragte er laut. »Und was machen sie hier?«

»Frau Ellinghaus ist gelernte Krankenschwester«, antwortete Thiel in dezenterer Lautstärke. »Und eine hervorragende Haushälterin. Und da hab ich mir gedacht …«

»Eine Haushälterin?« Boerne starrte Thiel ungläubig an. »Aber – Thiel, wozu brauch ich eine Haushälterin? Ich hab doch *Sie*.«

»Geht das schon wieder los«, stöhnte Thiel und fasste Boerne mit seinen Polizistenpranken derart rücksichtslos am Oberarm, dass der vor Schmerz aufschrie.

»'tschuldigung«, sagte Thiel nur und wandte sich an Mutter und Sohn Ellinghaus. »Wir sind gleich wieder da.«

Mit diesen Worten stieß er den wehrlosen Boerne vor sich her durch die nächste Tür. Es war die zum Schlafzimmer, aber es schien ihn in keiner Weise zu stören, in Boernes intimsten Privatraum einzudringen. Er knallte die Tür hinter sich zu.

»Boerne!«, zischte er. »Sie brauchen Hilfe!«

Boerne hätte gern mit den Schultern gezuckt, aber selbst das bereitete ihm Schmerzen. »Na, dann helfen Sie mir doch!«, sagte er stattdessen.

Thiel baute sich vor ihm auf. »Ich habe einen Mordfall zu lösen!«, brüllte er Boerne an. »Und dafür brauche ich meinen Schlaf!«

Das mit dem »vor ihm aufbauen« machte er gelegentlich, und normalerweise hatte das für Boerne immer etwas Mitleiderregendes, weil der Mann einfach einen halben Kopf kleiner war als er und sein Gewichtsüberschuss keinesfalls aus Muskelmasse bestand. Aber Boerne wurde klar, dass ihn dieser abgebrochene Riese in der momentanen Situation mit dem kleinen Finger umschubsen konnte. Er wechselte deshalb die Strategie.

»Das ist also Ihr Verständnis von christlicher Nächstenliebe«, stellte er mit dem Unterton eines gelassen-ironischen Vorwurfes fest. »Sie lassen mich hier alleine mit dieser mir vollkommen unbekannten ...«, er suchte nach dem richtigen Wort, »… Frau?«, beendete er dann die Frage.

»Sie wird Sie schon nicht auffressen«, knurrte Thiel nur.

Boerne unterdrückte ein Stöhnen. Der Mann hatte die Sensibilität eines defekten Kühlschranks.

»Sie ist eine Fremde!«, stieß er hervor. »In *meiner* Wohnung, in *meinem* Leben …«

»Ja und?«, fragte Thiel aufgeräumt. »Wird Ihnen vielleicht mal ganz guttun.«

Boerne starrte ihn fassungslos an. »Ich *will* das nicht«, sagte er.

»Boerne«, antwortete Thiel, »wissen Sie überhaupt, wie schwer das ist, eine Haushälterin aufzutreiben? So von …«, er schnippte mit den Fingern vor Boernes Gesicht herum, »… heut auf morgen? Entweder *die* … oder niemand!«

»Gut«, sagte Boerne erleichtert. »Dann nehm ich niemand!«

***

Thiel sah noch einmal zu Boernes Wohnung hinüber, dann schloss er mit einem letzten Kopfschütteln seine Tür und ging in die Küche, wo Frau Ellinghaus und ihr Sohn wartend am Tisch saßen.

»Mama, kann ich nach Hause?«, fragte Steffen.

Thiel tat der Bursche leid. Sein einziger Fehler war gewesen, sich von Boerne mit der Geige überraschen zu lassen. Dabei hatte Thiel nach dem, was er am Morgen in Wolffs Wohnung gehört und gesehen hatte, nicht den geringsten Zweifel, dass das Instrument bei Steffen in erheblich besseren Händen war als bei Boerne.

Frau Ellinghaus fühlte sich ebenfalls sichtbar unbehaglich.

»Herr Thiel, es ist vielleicht besser, wenn wir lieber morgen ...«, sagte sie unsicher.

Aber Thiel hatte keinesfalls vor, diesen Riesentrumpf, der ihm in Gestalt von Frau Ellinghaus so unverhofft in die Hände geraten war, einfach so wieder ziehen zu lassen.

»Nee, nee, das wird schon«, sagte er entschieden.

»Aber – wenn er doch nicht will ...?«

Wenn er nicht will ...? Thiel versuchte sich vorzustellen, was Boerne jetzt gerade anfing, drüben in seiner schnieken Akademikerwohnung. Spätestens wenn der Herr Professor auf die Konstellation verschlossene Weinflasche/Korkenzieher stieß, würde sich die Situation grundlegend ändern.

»Der will«, sagte Thiel und lächelte grimmig. »Der weiß es nur noch nicht.«

***

Den Edelstahlbrotkasten aufzuklappen war einfach. Das gelang ohne Weiteres mit der geschienten Linken. Das erste Problem stellte das Vierkorn-Bio-Landbrot dar, das in dem Kasten lag. Greifen konnte er mit der Linken nicht, da er den Daumen nicht abspreizen konnte. Aber er schaffte es, den Oberkörper stark gebeugt, den Arm so weit in Richtung des Kastens zu schieben, dass die Fingerkuppen der Linken das Brot nach vorne ziehen und dann über die Unterkante der Öffnung hinweg aus dem Brotkasten herausrollen konnten. Leider hatte er bei dem Manöver auch das Papier, in das das Brot eingeschlagen war, mit aus dem Kasten gerollt.

Die Aufgabe, das Brot auf das Schneidebrett zu schaffen, erledigte er mit einiger Eleganz, indem er es mit dem Kinn an sich presste, sich dann umdrehte und es im Entengang zur gegenüberliegenden Edelstahlarbeitsfläche transportierte, wo er es zielgenau auf das Brett neben dem Edelstahlmesserblock fallen ließ. Leider war das Papier wiederum an dem Brot hängen geblieben, und das Brot lag jetzt zwar am rechten Platz, aber auf dem Papier. Ihm fiel der Trick mit der Tischdecke ein, mit dem er seit seiner Studienzeit in feuchtfröhlicher Gesellschaft immer mal wieder hatte glänzen können – es hatte auch den ein oder anderen Fall gegeben, in dem es an Glanz gemangelt hatte, nicht jedoch an zerbrochenen Weingläsern, aber das tat jetzt nichts zur Sache. Er packte das Brotpapier fest mit den Lippen und ließ dann den Oberkörper ruckartig nach hinten schnellen. Der Triumph, das Brot unverändert an seinem Platz liegen zu sehen, überwog den Schmerz in seiner rechten Schulter geringfügig. Er öffnete den Mund und ließ das Papier auf den Boden segeln.

Der nächste Prozess, der an ein Messer zu kommen nämlich, lappte allerdings ins Unappetitliche. Vielleicht hätte er damals doch die französischen Messer mit den Rosenholzgriffen nehmen sollen, aber jetzt steckte nun mal ein Satz japanischer Messer mit Edelstahlgriffen in dem Edelstahlblock auf der Edelstahlarbeitsplatte. Es gelang ihm, mit den Lippen ein Küchentuch von der Rolle zu zupfen, das er mit der Linken mühsam zusammenfaltete. Er saugte es mit offenem Mund an, stülpte seine Lippen dann über den Griff des Brotmessers und zog es aus dem Block. Er versuchte, die vermehrte Speichelproduktion zu ignorieren, die diese Unternehmung zwangsläufig mit sich brachte. Ein großer Teil derselben wurde zwar von dem Küchentuch absorbiert, allerdings büßte es dadurch erheblich an Festigkeit ein. Dessen ungeachtet setzte er die Schneide entschlossen auf das Kastenbrot und begann mit rhythmischen Kopfbewegungen zu sägen.

Das Brot fiel um.

Das Problem erforderte offenbar einen komplexeren Lösungsansatz, den er sofort und entschlossen in Angriff nahm.

Mit dem Fuß trat er kräftig gegen den Edelstahlrand der Edelstahltür des Edelstahlkühlschrankes, so lange, bis diese aufklappte. Sein Blick fiel auf die Flasche französischen Chardonnay, die in der Tür stand, aber er ließ sich nicht ablenken. Er schnappte, immer noch entschlossen, das Brot wieder mit dem Kinn, was diesmal erheblich schwieriger war als beim ersten Mal, weil er nach wie vor den Griff des Brotmessers mit Hilfe des zunehmend durchgesabberten Küchentuches im Mund hielt.

Aber sein Plan gelang. Er hielt das Brot in die Kühlschranktür und schaffte es tatsächlich, es mit dem Knie zwischen Tür und Kühlschrankrand festzuklemmen. Nun setzte er die Schneide des Brotmessers an und begann mit ruckartigen Kopfbewegungen erneut zu sägen. Die Scheibe wurde ein wenig zu dick für seinen Geschmack.

Aber es gelang ihm, sie abzuschneiden.

Sie fiel auf den Küchenboden.

***

»Gerade sehr selbstständigen Menschen fällt es oft besonders schwer, plötzlich auf fremde Hilfe angewiesen zu sein.«

»Soso ...«, murmelte Boerne und beobachtete distanziert, wie Frau Ellinghaus – oder *Karin*, wie sie ja partout genannt werden wollte – mit Messer und Gabel die mit Appenzeller und Gurkenscheiben belegte Brotschnitte zerlegte. Als sie ihm das auf der Gabel aufgespießte Stück vor den Mund hielt, ruckte sein Kopf unwillkürlich nach hinten. Doch dann zwang er sich dazu, sich das Brotstück von ihr in den Mund schieben zu lassen. Es half ja nichts.

»Ich war ja lange in der Altenpflege tätig«, sagte Karin.

Beim Wort »Altenpflege« grub sich eine alarmierend steile Falte in Boernes Stirn, die Karin allerdings offenbar nicht wahrnahm. Boerne vermutete, dass sie sie mit Absicht ignorierte. Ungerührt sprach sie weiter.

»Zuletzt war ich in einem Privathaushalt – die Herrschaften sind jetzt in einem Pflegeheim. Jedenfalls, ich würde mich freuen, wenn das klappt mit uns beiden ...«

Sie lächelte ihn offen an, sodass Boerne nicht umhinkam, anzunehmen, sie meine ernst, was sie da gerade gesagt hatte. Offenbar war die Dame seiner Ausstrahlung und seinem Charme erlegen, und Boerne gönnte es sich, sich ein wenig geschmeichelt zu fühlen.

Ihr Sohn Steffen saß an dem kleinen Tisch im Wohnzimmer und las im Münsteraner Anzeiger. Dass der Junge dablieb, hatte Boerne nur aus der Überlegung heraus erlaubt, dass es vielleicht zu riskant war, wehrlos mit einem weiblichen Wesen allein zu bleiben. Mittlerweile fragte er sich, ob das klug gewesen war. Er beugte sich zu dem Trinkhalm, der in seiner Teetasse steckte, saugte daran und schaffte es sogar, sich dabei nicht über Gebühr lächerlich vorzukommen.

»Das sind ja *Sie*!«, sagte der Junge plötzlich. Er stand von seinem Stuhl auf und zeigte seiner Mutter die Zeitung.

Sie blickte verständnislos auf den Artikel, der den größten Teil des Lokalteils einnahm. »Leiter des Vincenz-Seminars getötet« lautete die Überschrift. Neben einem Foto Ludwig Mühlenbergs war auch eines von Boerne abgedruckt. Es war das offizielle Foto, das die Pressestelle des Institutes bei Bedarf herausgab. Boerne warf einen Blick darauf und überlegte zum wiederholten Male, ob er zum Fototermin nicht doch eine andere Krawatte hätte anlegen sollen als diese blau-rot gestreifte.

»Hier steht, Sie wurden auch überfahren«, sagte Steffen.

»Ja … ich wollte helfen«, sagte Boerne leichthin.

»Sie waren dort? … Sind etwa deshalb Ihre Hände …?«

Boerne nickte mit der melancholischen Miene des versehrten Veteranen.

»Haben Sie denn den Mörder erkannt?«, fragte Karin.

»Nein … Aber es ist nur eine Frage der Zeit«, sagte er. »Glauben Sie mir: In meiner Eigenschaft als Rechtsmediziner habe ich bisher noch *jeden* Mord aufgeklärt.«

Karin sah ihn respektvoll an.

»Also mit gelegentlicher Hilfe vom Herrn Hauptkommissar nebenan«, schränkte Boerne ein und fragte sich dann, warum eigentlich.

»Mein Gott, Sie Ärmster. Das ist ja fürchterlich.«

Boerne atmete tief durch. Es war ein schönes Gefühl, verstanden zu werden.

Auffordernd öffnete er den Mund, und Karin beeilte sich, ein weiteres Stück Brot aufzuspießen.

VIER

Thiel spitzelte van Bommel im Mittelkreis den Ball vom Fuß, tunnelte Schweinsteiger mit einem Pass auf Meggle und spurtete los. Meggle spielte ihm den Ball gedankenschnell und sauber zurück in den Lauf. Thiel legte ihn sich selbst vor und sprintete weiter. Wenige Meter vor dem Strafraum ließ er den heranrauschenden Demichelis mit einer Körpertäuschung ins Leere grätschen und zirkelte den Ball um den herausstürmenden Butt herum aus achtzehn Metern ins linke obere Eck.

St. Pauli 3, Bayern 0.

Thiels dritter Hattrick in dieser Saison. Die Fans tobten und sangen »Auf der Reeperbahn nachts um halb eins«, und sie hörten gar nicht mehr auf. Der Gesang wurde zwar allmählich dünner und immer schriller, aber er ging gnadenlos weiter. Thiel stellte sich vor den Fanblock und schrie, dass sie endlich aufhören sollten, er könne es nicht mehr ertragen, aber sie sangen weiter und weiter, so lange, bis Thiel die Augen aufmachte und feststellte, dass es sein Handy war, das die Melodie spielte.

Es lag neben der Flasche Astra auf dem Wohnzimmertisch, neben seinen Füßen, die er darauf abgelegt hatte, bevor er auf dem Sofa eingepennt war. Wütend schlug er mit der Ferse auf das Gerät ein, bis es sein Quäken einstellte. Er schloss die Augen wieder, aber die Ruhe währte nur Sekunden, dann begann das Lied von Neuem.

Fluchend zog Thiel die Wolldecke beiseite, kratzte

sich mit der einen Hand unter seinem St.-Pauli-RETTER-T-Shirt am Bauch und griff mit der anderen nach dem Handy. Es war Viertel nach vier, wie er mit einem Blick auf die Uhr feststellte, und die Nummer des Anrufers war unterdrückt. Er schickte dem Anrufer das Besetztzeichen und warf das Handy zurück auf den Tisch. Dann stampfte er zur Tür, hinaus ins Treppenhaus und schellte bei Boerne Sturm.

Es dauerte, bis Boerne endlich aufmachte. Er trug einen Pyjama und keine Brille. Fragend blinzelte er Thiel an.

»Welchen Teil von ›*Ich brauche meinen Schlaf*‹ haben Sie eigentlich nicht verstanden?«, brüllte Thiel ihn an. »Wenn Sie jemanden schikanieren wollen, dann rufen Sie Ihre Haushälterin an, die wird wenigstens dafür bezahlt!«

Boerne öffnete den Mund. »Äh …?«, krächzte er.

Ein Telefon begann zu läuten. Boerne drehte sich desorientiert um, aber das Läuten kam nicht aus seiner Wohnung.

Thiel erstarrte, peinlich berührt. Das Klingeln kam aus seiner Wohnung, von seinem Festnetzanschluss.

Eilig lief er zurück in seine Wohnung.

Boerne blinzelte hilflos in das nun leere Treppenhaus vor ihm.

»Hallo?«, fragte er kläglich.

Thiel ging zum Telefon auf dem Schreibtisch und nahm ab.

»Endlich erreiche ich Sie«, meldete sich die Anruferin. »Hier ist Schwester Agathe. Ich höre Schritte. Aus dem Büro von Ludwig Mühlenberg.«

Thiel war mit einem Schlag hellwach. »Ich bin in fünf Minuten bei Ihnen«, sagte er.

Boerne tauchte in der Diele auf. »Ach, Thiel«, sagte er. »Ich dachte schon, ich hätte von Ihnen geträumt ...«

Thiel stieg gerade in seine Jeans. »Boerne«, sagte er, »ich brauch mal Ihr Auto.«

Boerne kicherte in sich hinein. »Wissen Sie, was ich jetzt gerade verstanden hab?«, fragte er lachend.

***

»Vorsicht!«

Boerne kauerte auf dem Beifahrersitz und wagte nicht, nach vorne zu schauen. Neben ihm kämpfte Thiel mit der halbautomatischen Schaltung des Maserati und wechselte ständig zwischen unter- und übertourig hin und her.

»Schalten Sie doch einfach auf Automatik«, flehte Boerne.

»Keine Ahnung, wie das geht«, sagte Thiel, während sie über das Kopfsteinpflaster schlitterten. »Wir sind eh gleich da.«

Tatsächlich hielten sie Sekunden später mit quietschenden Reifen vor dem Priesterseminar.

»Wissen Sie eigentlich, was dieser Wagen kostet?«, fragte Boerne, während er sich aus der Beifahrertür quälte.

»Sie hätten ja nicht mitkommen brauchen«, antwortete Thiel in der ihm eigenen Logik und lief auf den Eingang zu, wo sie bereits von Schwester Agathe erwartet wurden. Boerne schaffte es mühsam, Schritt zu halten.

Die Schwester hielt ihnen die Tür auf und eilte dann vor ihnen her. Sie bogen von einem Flur in den anderen, dann hob die Schwester die Hand und bedeutete ihnen, leise zu sein. Auf Zehenspitzen ging es weiter den Gang entlang bis zu dem brennenden Kerzenleuchter, vor dem Thiel schon am Morgen gestanden hatte. Von hier waren es noch gut zehn Meter bis zur offen stehenden Tür von Mühlenbergs Wohnung.

»Sie warten jetzt besser hier«, flüsterte Thiel. »Egal, was passiert.«

Boerne hinter ihm war offenbar der Meinung, Thiel hätte nur mit Schwester Agathe gesprochen, und machte Anstalten, ihm zu folgen.

»Das gilt auch für Sie!«, zischte Thiel.

Boerne sah ihn verschnupft an. »Ach! Aber als Autoverleiher bin ich gut genug.«

»Pscht!« Thiel sah wieder zu der offenen Tür.

»Vielleicht brauchen Sie ja Hilfe«, sagte Boerne.

»Ja, vielleicht«, antwortete Thiel. »Aber wenn, dann eine mit zwei Händen.« Er zog seine Waffe, lud durch und schlich los.

»Ich *hab* zwei Hände«, sagte Boerne hinter ihm noch zu der Schwester. Aber immerhin tat er, was Thiel ihm gesagt hatte.

Das Polizeisiegel an der Wohnungstür war aufgerissen. Mit gehobener Waffe trat Thiel in die Tür. Innerlich fluchend, tastete er endlose Sekunden nach dem Lichtschalter. Endlich fand er ihn und schaltete das Licht an.

Im Zimmer war niemand, eines der Fenster stand offen. Ein offener Ordner lag auf dem Schreibtisch, ansonsten konnte Thiel auf den ersten Blick nichts Auffälliges feststellen.

Die Waffe im Anschlag ging er in das Zimmer hinein und kontrollierte die Stellen, an denen sich jemand hätte verbergen können, entdeckte aber niemanden. Er warf noch einen Blick aus dem offen stehenden Fenster, dann steckte er die Waffe zurück ins Holster.

»Das Vögelchen ist ausgeflogen«, rief er laut in Richtung der Wohnungstür. In derselben Sekunde fiel sein Blick auf eine Schuhspitze, die unter dem Vorhang neben ihm hervorlugte. Die Erkenntnis, sich geirrt zu haben, konnte er nicht mehr nutzen.

Die Gestalt hinter dem Vorhang stürzte sich auf ihn, wobei der Vorhang aus der Schiene gerissen wurde und Thiel sich hilflos in dem Tuch verwickelte. Er ging zu Boden und haute dabei eine Stehlampe um, die mit dumpfem Scheppern zu Bruch ging. Die Gestalt rannte in Richtung Tür.

Thiel befreite sich mühsam aus der textilen Falle. »Stehen bleiben!«, schrie er. »Hey! Stehen bleiben!«

Nach Thiels Behauptung, die Wohnung sei leer, hatte Boerne sich auf den Weg zur Wohnungstür gemacht und musste nun nur einen Schritt zur Seite tun, um in die Deckung neben der Wohnungstür zu kommen. Es galt zu handeln, das war klar, und zwar ohne zu zögern.

Und das tat Boerne auch.

Als die Schritte des Flüchtenden nah genug waren, reckte er seinen Gipsarm aus seinem Versteck, ungefähr in Kopfhöhe.

Sein spontaner Plan gelang, was allerdings niemand mehr bedauerte als er selbst, wahrscheinlich nicht einmal der Flüchtende. Dieser prallte derart ungebremst gegen das massive Hindernis, dass es ihm die Füße nach vorn riss und er benommen und mit blutender Nase auf den Granitplatten des Flurs liegen blieb.

Boerne dagegen sackte langsam in sich zusammen.

Sein Mund stand weit offen. Er hätte sehr gerne sehr laut geschrien, allein sein Körper stellte ihm dafür keinen Sauerstoff zur Verfügung. Der Schmerz, der in seiner Schulter tobte, war mit einigem Abstand der heftigste, den er bislang am eigenen Leib erfahren hatte. Ein lang gezogenes Röcheln quälte sich aus ihm heraus, während er am Türrahmen entlang hinunterrutschte, bis er auf dem Boden sitzend an der Wand lehnte und um Atem rang.

Thiel kam aus der Wohnung. Er stürmte an ihm vorbei und stürzte sich auf den reglos daliegenden Einbrecher. Er gab dem dürren jungen Mann ein paar Ohrfeigen, die vielleicht einen Tick fester waren als nötig, um ihn aufzuwecken. Endlich schlug der Mann die Augen auf.

Schwester Agathe näherte sich zögernd.

»Johannes! Mein Gott …«, sagte sie, als sie den jungen Mann erkannte.

Thiel sah zu dem Professor hinüber, der neben der Tür auf dem Boden saß und verzweifelt versuchte, mit der geschienten Linken seinen Gipsarm festzuhalten.

»Alles in Ordnung, Boerne?«, fragte er.

Boernes Antwort war einsilbig.

***

Johannes Bott saß stumm in einem von Mühlenbergs Sesseln und hielt sich ein Papiertaschentuch unter die blutende Nase, was nur möglich war, weil Thiel ihm die Hände rücksichtsvollerweise nicht hinter dem Rücken gefesselt hatte.

»Jetzt erzählen Sie uns endlich, was Sie hier gesucht haben!«, blaffte Thiel ihn an. »Heute Nacht – und letzte Nacht!«

Johannes schwieg, und Thiel sah genervt zu Boerne, der in einem anderen Sessel saß und sich mühte, sich so normal wie möglich zu geben. So als wäre nichts weiter, hielt er den Gipsarm irgendwie senkrecht, zumindest so gut es ging.

Nadeshda Krusenstern kam herein. Sie wirkte, was angesichts der Uhrzeit nicht verwunderlich war, einigermaßen unausgeschlafen.

»Morgen, Chef«, sagte sie, dann fiel ihr Blick auf Boerne. »Herr Professor ...?« Sie sah ihn verwundert an.

»Ja ... Morgen«, nuschelte Boerne.

»Also gut«, sagte Thiel lautstark zu dem schweigenden Johannes. »Wie Sie wollen. Nadeshda, der junge Mann geht in Untersuchungshaft. Bei der Gelegenheit können Sie gleich auch unseren behinderten Superhelden da zu Hause vorbeifahren.«

Boerne funkelte ihn an. »Das ist also der Dank«, sagte er bitter und erhob sich schwer aus seinem Sessel, dabei tapfer ein Stöhnen unterdrückend. »Hohn und Spott ...«

»Und was ist mit Ihnen?«, fragte Nadeshda unbeeindruckt.

»Was soll mit mir sein?«, fragte Thiel zurück. »Ich muss arbeiten.«

Als Nadeshda mit den beiden weg war, erschien Schwester Agathe in der Tür.

»Brauchen Sie noch irgendwas?«, fragte sie.

»Danke, ich komme zurecht«, antwortete Thiel.

Schwester Agathe zögerte, als gefiele ihr die Vorstellung nicht, Thiel in der Wohnung des toten Regens allein zu lassen.

»Wie gesagt: Ich komme zurecht«, wiederholte Thiel,

und Schwester Agathe verabschiedete sich mit einem verkniffenen Lächeln.

Thiel setzte sich an Mühlenbergs Schreibtisch und griff zu dem Ordner, der darauf lag. Sorgfältig, Seite für Seite, ging er den Inhalt durch. Als er damit fertig war, war er so schlau wie vorher.

Die Tür öffnete sich. Es war die unvermeidliche Schwester Agathe.

»Sie sind noch da?«, fragte sie.

»Ja. Wie Sie sehen ... Sagen Sie, Schwester ...«, Thiel unterdrückte ein Gähnen, »hat Herr Mühlenberg eigentlich alle seine Unterlagen hier aufbewahrt?«

»Nein. Natürlich nicht. Viele Akten sind auch im Sekretariat.«

»So ... Haben Sie dafür einen Schlüssel?«, fragte Thiel.

Als Thiel das Seminar verließ, graute der Morgen. Einen dunkelblauen Ordner unter den Arm geklemmt, trat er aus der Glastür auf den Domplatz hinaus. Ein paarmal atmete er tief ein in der vergeblichen Hoffnung, das würde ihn wach machen. Dann zog er sein Handy aus der Jackentasche und rief Nadeshda an.

»Ja, hallo, Nadeshda«, sagte er, als sie sich meldete. Sie klang müde. »Bringen Sie mir mal sofort diesen Johannes Bott aufs Präsidium.«

Nadeshdas Antwort brachte ein grimmiges Grinsen auf sein Gesicht.

»Der frühe Vogel fängt den Wurm«, sagte er. »Zwei Stunden geschlafen? Ich hab *überhaupt* noch nicht geschlafen ... Ja, danke. Wiederhören.«

Er stapfte leise fluchend durch das Morgengrauen und sehnte sich nach seinem Bett. Immerhin fand er einen Kiosk, der schon offen hatte und der Kaffee ausschenkte.

Als er, immer noch den Ordner unter dem Arm, die Treppe zum ersten Stock des Präsidiums hochkam, traute er seinen Augen nicht. Auf der Wartebank, direkt neben der Treppe, saß eine kleine ältere Dame mit einem Pelzhut auf dem Kopf und einem beschädigten Bronzegrablicht auf dem Schoß. Er zwang sich zu einem Lächeln.

»Ach, Herr Thiel!«, rief sie, als sie ihn bemerkte. »Die da unten …«

Thiel schüttelte heftig abwehrend den Kopf. »Ganz schlechter Moment«, sagte er, während er an der Frau vorbeieilte. »*Ganz* schlechter Moment …«

Doch die Dame war nicht bereit, es ihm so einfach zu machen. »Die da unten«, rief sie und trabte hinter ihm her, »die haben gesagt, ich soll mich wieder an *Sie* wenden mit meinem Grablicht …«

Thiel hatte mittlerweile einen genügend großen Vorsprung gewonnen, dass er es wagen konnte, sich zu ihr umzudrehen.

»Sie müssen zu Herrn Behrendt. Beh-rendt. Mit d-t am Ende. Ganz unten, im Erdgeschoss, letzte Tür links. Schönen Morgen noch!«

Damit war er durch die Glastür und in Sicherheit. Er atmete auf.

***

Boerne hatte sich noch einmal ins Bett gelegt, aber vor Schmerzen war an Schlaf überhaupt nicht zu denken gewesen. Schließlich quälte er sich aus dem Bett und wankte ins Bad. Er zog die Tür hinter sich ins Schloss, aber trotz aller Vorsicht verursachte schon dieses Manöver ein heftiges Stechen im linken Ellbogen.

»Guten Morgen«, sagte plötzlich jemand hinter ihm, und Boerne fuhr vor Schreck herum, was wiederum ein Reißen in der rechten Schulter verursachte, das ihn aufstöhnen ließ.

»Oh, ich wollte Sie nicht erschrecken«, sagte Karin Ellinghaus und lächelte ihn herzlich an.

Natürlich wollte Boerne sofort empört fragen, was zum Teufel sie hier zu suchen habe. Aber zum einen fehlte ihm die Kraft zu einer angemessenen Empörung, und zum anderen beantwortete sich die Frage von selbst. Sein Blick fiel entsetzt auf den Duschstuhl aus weißem Kunststoff, den Frau Ellinghaus gerade in seiner Badewanne installiert hatte. Stolz demonstrierte sie ihm, dass der Stuhl zum erleichterten Einstieg geschwenkt werden konnte.

Boerne lächelte sehr angestrengt.

Frau Ellinghaus hatte die beiden Verbände sorgfältig mit Plastiktüten abgedichtet und begann nun, Shampoo in sein Haar zu massieren.

»Es muss Ihnen nicht unangenehm sein«, sagte sie.

»Es *ist* mir nicht unangenehm«, sagte Boerne. Er saß stocksteif auf dem Stuhl in der Badewanne und starrte geradeaus.

»Meistens ist es Männern unangenehmer als Frauen«, sagte Frau Ellinghaus.

»Ich sagte doch bereits, es *ist* mir nicht unangenehm«, sagte Boerne und bemerkte, dass er anfing, mit den Zähnen zu knirschen.

»Warten Sie nur. Wenn erst mal der Gips ab ist …«, Frau Ellinghaus griff nach dem Duschkopf, »so in sechs bis sieben Wochen, dann ist Ihnen *gar* nichts mehr unangenehm …«

Sechs bis sieben Wochen, dachte Boerne. Allmächtiger.

Sechs bis sieben Wochen!

Er schluckte mehrfach. Dann hielt Karin die Dusche über seinen Kopf. Boerne rang um Atem.

Es war kalt und sehr, sehr unangenehm.

***

»Morgen, Herr Bott«, sagte Thiel.

Johannes Bott saß in sich zusammengesunken auf einem Stuhl am Tisch des Besprechungsraumes.

»Guten Morgen«, nuschelte er und sah Thiel scheu an.

Nadeshda saß einen Stuhl weiter und schien Schwierigkeiten zu haben, die Augen offen zu halten.

Hält nichts mehr aus, die Jugend von heute, dachte Thiel. Er schlug den blauen Ordner auf und zog ein Blatt hervor, das er Bott vor die Nase hielt.

»Schauen Sie mal.«

Es war ein Briefbogen mit dem Zeichen des Bischöflichen Priesterseminars, handbeschrieben. Bott warf nur einen kurzen Blick darauf, rührte ihn aber nicht an.

»*Sie* haben's gesucht – und *ich* hab's gefunden.« Thiel zog sich die Jacke und den Pullover aus. Dass dabei sein RETTER-T-Shirt hochrutschte und den halben Rücken freigab, machte ihm wenig aus. Die Sachen warf er einfach auf einen der Stühle.

Nadeshda nahm das Blatt und studierte es neugierig.

»Aber nicht in Mühlenbergs Büro, wo *Sie* es gesucht haben«, fuhr Thiel fort, »sondern im Sekretariat. Ich hab drei Stunden gebraucht, bis ich draufgekommen bin.«

Er ging nach nebenan in sein Büro, holte seinen Batterierasierer aus der Schreibtischschublade und begann mit der Morgenrasur.

Nadeshda sah Bott forschend an, dann las sie das Blatt laut vor.

»Dem Seminaristen Johannes Bott mangelt es zu sehr an Charakter und Disziplin, als dass er den Herausforderungen des Priesteramtes entsprechen könnte. Daher empfehle ich dem Bistum Münster, seine Ausbildung in unserem Seminar unverzüglich abzubrechen.«

Bott starrte stumm und ohne sichtbare Regung vor sich hin.

Thiel kam wieder in den Besprechungsraum, den Rasierer noch immer in Betrieb.

»Tja«, sagte er und fuhr sich mit dem brummenden Apparat über den Hals. »So klingt das wohl, wenn ein Lebenstraum zerplatzt, nicht wahr, Herr Bott?«

Er stieß die Tür hinter sich mit dem Fuß zu. So heftig, dass sie schepperte, als sie ins Schloss fiel.

***

Boerne war gereizt, und das war ihm auch bewusst.

Nachdem er von Frau Ellinghaus – sie Karin zu nennen widerstrebte ihm nach wie vor – angekleidet worden war, hatte er sich noch einmal ins Schlafzimmer zurückgezogen, um seine überstrapazierten Nerven und seine ramponierte Würde wieder in den Griff zu bekommen. Es war nur halbwegs gelungen, wie ihm klar wurde, als er den Wohnraum betrat.

Er versuchte, die Situation zu erfassen. In seinem Bauhaus-Zweisitzer neben dem Schreibtisch hockte schon wieder dieser Junge und blätterte in einem Schulbuch oder in was auch immer. Boernes Blick wanderte prüfend über den Schreibtisch, wo die Akte zum Fall Mühlenberg lag, mit seinem Bericht und Alberichs Fotos. Sie schien unberührt, aber wie sicher konnte er da sein?

Der antike Schrank, in dem er das Familienservice aus Meißener Porzellan aufbewahrte, war offen; Teile des Services standen auf dem Frühstückstisch, auf dem zu alldem auch noch zwei Kerzen brannten. Aber das Schlimmste war, dass auf seinem High-End-Plattenspieler eine Schallplatte rotierte. Es war barocke Geigenmusik, aber das tat nichts zur Sache. Nicht nur, dass das RPM-9.1-Laufwerk für unter vierzehnhundert Euro nicht zu bekommen war – ohne Tonabnehmersystem, versteht sich; allein die Feinjustierung hatte ihn ein ganzes Wochenende gekostet. Nein, nun fummelte auch noch ein Halbwüchsiger mit seinen Wurstfingern daran herum!

»Ich dachte, zum Gesundwerden muss man es auch ein bisschen schön haben«, sagte Frau Ellinghaus, als sie ihn bemerkte, und strahlte ihn an.

Mühsam beherrscht schritt Boerne zum Tisch und sank auf seinen Stuhl. Frau Ellinghaus verschwand in der Küche. Boerne sah stumm zu dem Jungen hinüber.

»Hallo«, murmelte Steffen und erhob sich dabei sogar artig aus seinem Sessel. Immerhin: Im Gegensatz zu seiner Mutter schien er Boernes Laune durchaus wahrzunehmen.

Karin Ellinghaus kam wieder aus der Küche, in der Hand die Meißener Kaffeekanne.

»Wohnt der jetzt auch hier?«, fragte Boerne und deutete mit dem Kopf auf ihren Sohn.

»Steffen hat etwas Fieber …«, sagte sie.

»Mama, bitte«, unterbrach der Junge sie. »Mir geht's gut.«

»Heute Nacht hattest du Fieber«, insistierte seine Mutter. »Ich wollte ihn nicht allein zu Hause lassen – ich dachte, Sie haben bestimmt nichts dagegen.«

Sie schenkte ihm Kaffee ein.

»Na wunderbar. Warum nicht zu allem auch noch eine kleine Grippe«, sagte Boerne spitz, aber für Ironie hatte Frau Ellinghaus ganz offensichtlich kein Ohr.

»So, bitte schön«, sagte sie und stellte einen Trinkhalm in seine Tasse.

Boerne starrte sie wortlos an, aber sie bemerkte es nicht. Geschäftig ging sie um den Tisch herum und zog etwas aus ihrer Handtasche.

»Schauen Sie mal«, sagte sie und präsentierte ihm eine schwarze Stoffbanderole. »Das hab ich gestern für Sie genäht. Das ist Klettband, das macht man so um den Arm.« Sie schob das elastische Band über ihr Handgelenk. »Und das Gegenstück, also das andere Klett, hab ich hier an das Handy gemacht.« Sie nahm sein Handy, das nun ebenfalls ein schwarzes Band trug, und klettete es an das Armband. »Kann man so da dranmachen. Hab ich auch beim Festnetztelefon gemacht, bei der Gabel, beim Messer. Ist praktisch, nicht? Finden Sie es nicht auch praktisch?«

Boerne senkte stumm den Blick auf die Kaffeekanne. Er bemühte sich, nicht mit den Zähnen zu knirschen, aber es gelang ihm nicht.

»Stimmt was nicht?«, fragte Frau Ellinghaus.

Ich werde *nicht* schreien, dachte er. Nein, ich werd *nicht* schreien.

»Das ist«, presste er hervor, »das Porzellan meiner verstorbenen Mutter.«

»Oh … das … das hab ich nicht gewusst.« Frau Ellinghaus schien ernstlich betroffen.

Boerne holte Luft. »Und dieser Plattenspieler da ist ein *hoch* entwickeltes *Präzisions*gerät, dessen Bedienung *absoluten* Sachverstand erfordert …«

»Ich bin sicher, dass Steffen ganz vorsichtig war«, sagte sie leise.

»Und wenn Sie schon unbedingt offene Feuer entfachen müssen, dann tun Sie es von mir aus bei den Pfadfindern, aber nicht in meinen Räumlichkeiten!« Er beugte sich vor und blies wütend die beiden Kerzen aus.

»Ich bin mal kurz in der Waschküche …«, murmelte Frau Ellinghaus.

Am Ende hatte er doch geschrien.

***

Bott schaffte es nicht mehr, Nadeshdas fragendem Blick auszuweichen.

»Als Mühlenberg kam, wurde es gerade dunkel …«, sagte er zögernd.

Thiel, am Fenster, beendete seine Rasur und sah ihn an.

»Na ja, er kam ins Haus, und als er mich am Empfang sitzen sah – da ging er wie ein Derwisch auf mich los: ›Was machen Sie überhaupt noch hier?‹ Und: ›Sie können auch nicht immer Ihre Dienste ändern, wie Sie es wollen!‹«

Thiel warf den Rasierer auf die Fensterbank.

»Wegen so einer Lappalie regt er sich dermaßen auf?«, fragte Nadeshda.

»Ja!«, rief Bott. »Ja, er war völlig *außer* sich! ›Wie wollen Sie denn einer Kirche gehorchen, wenn Sie nicht einmal die einfachsten Regeln befolgen können! So, und jetzt ist Ihre Ausbildung beendet! Packen Sie Ihre Sachen!‹«

Er verstummte.

»Genau«, sagte Thiel. »Und dann sind Sie ausgerastet!« Er ging langsam um den Tisch herum.

»Nein, ich …!« Bott machte eine abwehrende Geste. »Ich war sprachlos …«

»Sie haben ihn zu Boden geworfen und auf ihn eingetreten«, sagte Thiel laut und trat nah an ihn heran.

»Was? Nein …« Bott sah Hilfe suchend zu Nadeshda. Sie bemühte sich um einen möglichst kühlen Blick.

Thiel beugte sich zu ihm hinunter. »Als er nach ein paar Stunden das Haus verlassen hat, da sind *Sie* ihm hinterher …!«, brüllte er.

»Nein!« Bott fiel ihm ins Wort. »Nein, so war es nicht!«

Aber Thiel ließ sich nicht bremsen, sein Zeigefinger stach vor. »*Sie* sind doch in der gleichen Nacht noch bei ihm eingebrochen! Weil *Sie* nämlich genau wussten, was kaum ein anderer wissen konnte – dass Mühlenberg tot ist! Weil *Sie* ihn überfahren haben!«

»Nein«, stammelte Bott, »ich war … ich …«

»Na was?«, schrie Thiel. »Was?«

»Ich bin durch die Stadt, ich wusste nicht, wohin mit mir!«, sagte er flehend. »Und dann hör ich Sirenen und seh Blaulicht und, und geh hin – und da seh ich ihn da liegen.«

Thiel ging zur Kaffeemaschine auf der Fensterbank und schenkte sich einen Kaffee ein. Immerhin redete der Bursche jetzt.

»Ich wusste, dass er diesen blöden Wisch da in seinem Büro hat – und ich fand's ungerecht. Weil ich nämlich ein guter Priester sein werde ...«

Thiel und Nadeshda tauschten einen skeptischen Blick.

»... ganz egal, was Mühlenberg sagt!«

Botts letzter Satz hatte fast hasserfüllt geklungen.

***

»Ich geh dann mal«, sagte Steffen.

Boerne saß an seinem Schreibtisch. Seine Konzentration galt dem Versuch, die Lupe zwischen den Fingern der Linken zu halten, um damit Alberichs Fotos eingehender zu betrachten. Er drehte sich irritiert zu dem Störenfried um, der an der Tür stand.

»Sagen Sie meiner Mutter bitte, dass ich schon weg bin«, sagte Steffen.

»Äh, ja«, antwortete Boerne und wollte sich schon wieder seiner Arbeit widmen, als sein Blick gerade noch rechtzeitig auf den Koffer in der Hand des Jungen fiel. »Halt!«, rief er. »Und die Geige da?« Er mühte sich von seinem Stuhl hoch und polterte auf Steffen zu. »Die wolltest du wohl gleich mitgehen lassen, was?«

Der Junge sah ihn an, als hätte er Chinesisch gesprochen, aber Boerne hatte nicht vor, auf Unschuldsbeteuerungen reinzufallen.

»Ich wusste es!«, brüllte er. »Ich wusste, ich wollte niemanden bei mir zu Hause haben! Und ich hatte recht!«

Steffen stand stocksteif in der Tür und presste den

Geigenkoffer an sich. Boerne stürzte sich hochroten Hauptes auf ihn und versuchte mit dem linken Arm irgendwie in Besitz des Koffers zu kommen.

»Du legst sofort meine Kurtzendörffer wieder zurück!«

Nun ließ der Bursche seine Maske fallen. »Sie sind wirklich *so* was von bescheuert«, sagte er heftig und entwand Boerne den Koffer wieder. Boerne überraschte das nicht. Er hatte dem braven Getue sowieso nie getraut.

»Gib mir die Geige zurück!«, zeterte er. »Gib her … Du legst sofort meine …«

Den Koffer bekam er nicht mehr zu packen, aber es gelang ihm, die Schiene unter den Arm des Kerls zu schieben.

»Lassen Sie mich …«, schrie Steffen.

Boerne schaffte es doch noch, einen seiner freien Finger in den Griff des Koffers zu bringen, aber der Junge wehrte sich heftig. Ein stechender Schmerz fuhr Boerne plötzlich in den Unterarm. Er schrie auf und gab den Koffer frei, was in Kombination mit Steffens heftigem Ziehen diesen katapultartig gegen die gegenüberliegende Wand schleuderte. Beim Aufprall öffnete sich der Koffer, das Instrument fiel heraus und knallte aus anderthalb Metern Höhe mit einem sehr ungesund klingenden Knacken auf Boernes Parkettboden.

Die beiden erstarrten. Steffen fasste sich als Erster wieder. Er lief zu der Geige und ging neben ihr in die Knie. Vorsichtig, fast zärtlich hob er sie auf.

»Oh nein«, sagte er. Er hatte Tränen in den Augen. Im Rücken des Instrumentes war ein fast zehn Zentimeter langer Riss.

Die Wohnungstür öffnete sich, und Karin Ellinghaus kam herein.

»Was ist denn hier los?«, fragte sie und versuchte, die Situation zu erfassen.

Boerne lehnte am Türrahmen und war sich nicht sicher, was ihm mehr zusetzte, der Schmerz in seinem Unterarm oder die zerstörte Kurtzendörffer.

Steffen richtete sich auf. Er atmete schwer und kam drohend auf ihn zu. »Mann!«, brüllte er, und in den funkelnden Augen hinter den Brillengläsern waren noch ganz andere Worte zu lesen.

»Oh Gott, Steffen«, sagte Karin Ellinghaus, die endlich verstand, was passiert war. Sie ging zu ihrem Sohn und legte tröstend den Arm um ihn.

»Eine original Kurtzendörffer«, sagte Boerne, um Fassung ringend. »Von 1645 – frisch restauriert und für immer kaputt.« Er schüttelte resigniert das Haupt.

»Aber das ist doch gar nicht *Ihre* Geige«, sagte Frau Ellinghaus empört. »Ihre Geige hab ich dahinten hingestellt.« Sie wies auf einen der weißen Lounge-Chairs hinten im Wohnzimmer. »Das hier ist Steffens Geige.«

»Steffens Geige«, wiederholte Boerne ton- und verständnislos.

»Ja. Ausgeliehen von seinem Geigenlehrer, von Herrn Wolff … Die ist jetzt aber wirklich kaputt, oder?«

Es gelang Boerne nur langsam, zu verstehen, was da geschehen war.

»Das … das …«, röchelte er. Er hatte das Gefühl, etwas drücke seinen Hals zu. Sein Kopf wurde unangenehm heiß. »Das tut …« Er brach den Satz ab, als ihn Karins Blick traf. Er war böse und ohne jedes Verständnis. Ganz anders als vorhin unter der Dusche. Boerne riss sich zusammen.

»Das ist jetzt alles nur passiert, weil ich hier neuerdings in aller Öffentlichkeit leben muss!«, rief er. »Ich hatte ein friedliches, ein schönes, ein ruhiges Leben, ich mit mir ganz allein – *das* war schön!« Er redete sich immer mehr in Rage oder besser gesagt: Gerechter Zorn führte seine Stimme. »Aber neuerdings – meine Wohnung, mein Auto, meine Sachen: Jeder spaziert hier durch mein Leben! Wie durch ein Möbelhaus! Und ich, ich bin der *Wühltisch*: Kommen Sie ran, kommen Sie her, möchten Sie auch ein Stück Boerne? Na klar, ist genug für alle da! Darf's etwas mehr sein? Ja, packen Sie es mir als Geschenk ein.«

Dass Karin und Steffen Ellinghaus das Ende gar nicht mehr mitbekamen, weil sie bereits im Treppenhaus waren, war ihm egal.

***

»Hier«, sagte Nadeshda und warf Thiel eine Akte auf den Schreibtisch. »Aus der Rechtsmedizin.«

Die Akte rutschte über die Schreibtischkante hinweg, und Thiel konnte nur mit einer Reflexbewegung verhindern, dass sie zu Boden fiel.

Staatsanwältin Klemm saß Thiel gegenüber und ließ ein knurrendes Lachen hören, aber Nadeshda schien das nicht zu bemerken. Sie sah gedankenverloren durch die Glaswand hinüber in den Besprechungsraum, wo Johannes Bott immer noch auf seinem Stuhl kauerte.

Klemm folgte ihrem Blick. »Nadeshda, nun machen Sie sich mal nicht unglücklich«, brummte sie und nippte an ihrem Kaffee.

»Graberde …?« Thiel starrte mit verständnisloser Miene in die Akte. »Der Dreck an Mühlenbergs Hose ist Graberde …«

»Das ist dieses schwarze Zeug, das man auf Gräber streut«, sagte Klemm.

Thiel knallte die Akte vor sich auf den Tisch. »Verdammt noch mal, ich *weiß*, was Graberde ist!«, bellte er. »Was wollen Sie eigentlich ständig hier? Haben Sie ein feuchtes Büro?«

Klemm lächelte ihn beschwichtigend an. »Mein Gott, Thiel, haben Sie irgendwie schlecht geschlafen?«

»Graberde – das heißt, Mühlenberg war auf einem Friedhof …?«, überlegte Nadeshda laut.

»Wahrscheinlich«, schränkte Klemm ein.

Thiel nahm die Akte wieder auf und blätterte weiter darin herum.

Graberde, dachte er. Friedhof …

Er bemerkte, dass weit hinten in seinem Gehirn etwas arbeitete. Es dauerte ein paar Sekunden, aber als ihm klar wurde, was es war, fuhr er von seinem Stuhl hoch. Ohne Erklärung an die beiden Frauen, die ihm verblüfft hinterherstarrten, spurtete er aus seinem Büro.

Er rannte den Gang in Richtung Treppenhaus und stieß an der Glastür mit einem entgegenkommenden Kollegen zusammen, der sich nach dem Bodycheck nur mühsam auf den Beinen halten konnte. Thiel rief eine Entschuldigung über die Schulter und rannte weiter. Als er die Treppe halb runter war, entdeckte er unter sich auf dem Gang eine Pelzkappe. Erleichtert hielt er an und atmete ein paarmal durch.

»Schön, dass Sie noch da sind«, sagte er zu der alten Dame.

FÜNF

Thiel stand leicht betreten da. Er sah verstohlen zu Nadeshda. Auch sie starrte ungläubig auf das Grab von Albert Wenz, dem verblichenen Ehemann von Elsa Wenz, der Trägerin der Pelzkappe.

Das Grablicht, das sie ihnen präsentiert hatte, war mit Abstand der gewöhnlichste Teil des Grabschmucks. Eine halbmeterhohe goldene Winkekatze stand darauf, eine Spielzeug-Harley und eine verrostete mechanische Schreibmaschine.

Das alles hatte wohl einmal ordentlich dagestanden, nun lag es chaotisch durcheinandergeworfen über das Grab verteilt.

»Mein Albert …«, seufzte Frau Wenz, die neben ihnen unter ihrem hellgrün geblümten Regenschirm stand.

»Da haben Sie sich aber wirklich …«, Thiel suchte nach dem richtigen Begriff, »… Mühe gegeben. Mit dem Grab, meine ich.«

»Er wollte immer ein Buch schreiben. Und er wollte Motorrad fahren …«

»Ach ja. Ich verstehe«, sagte Thiel. »Deshalb die Schreibmaschine und die Harley. Und die Katze?«

»Er wollte nach China«, sagte Frau Wenz.

»Kommen diese Katzen nicht aus Japan?«, fragte Nadeshda.

»Ist das so?«, fragte Elsa Wenz irritiert.

Thiel warf seiner Kollegin einen ärgerlichen Blick zu.

»Und dann hat er immer gesagt: ›Vielleicht morgen‹«, fuhr Frau Wenz fort.

Thiel räusperte sich. »Frau Wenz – könnten Sie uns

mal zeigen, wo genau Sie waren, als die Sache vorgestern passierte?«

»Natürlich. Gerne.«

Frau Wenz trippelte zurück auf den Weg und zeigte in Richtung des Eingangs an der Himmelreichallee.

»Ich bin von da gekommen, und da drüben …«, sie drehte sich um und wies zurück in Richtung des Grabs, »… da an Alberts Grab standen zwei Leute: ein Mann und eine Frau. Und ich habe gedacht, die würden sich küssen. Aber das war gar nicht so. Die haben gekämpft.«

»Sehen Sie sich das Bild bitte noch einmal an, Frau Wenz«, sagte Thiel und reichte ihr das Foto von Ludwig Mühlenberg. »Sie sind sicher, dass es dieser Mann war?«

»Ja«, sagte Frau Wenz entschieden. »Und die Frau, die hat ihn gepackt und auf die Erde geworfen. ›Ich bring dich um!‹, hat sie gerufen und ihn getreten! Und dabei fiel alles um, und Alberts schönes Grablicht ging kaputt!«

»Können Sie die Frau denn beschreiben?«, fragte Thiel.

»Sie war bedeutend jünger als der Herr. So wie Sie.«

Thiel lächelte geschmeichelt.

»Oder ich«, setzte Frau Wenz hinzu, und Thiel unterdrückte ein Stöhnen.

Er ging zurück zum Grab. Nadeshda und Frau Wenz folgten ihm.

»Ein Buch schreiben wollte er«, sagte Elsa Wenz. »Und Motorrad fahren und nach China. Und dann, eines Tages, liegt er tot im Bett. Da hab ich zu ihm gesagt: ›Albert, du bist so ein Blödmann.‹«

Thiel sah sich das Grab noch einmal genauer an. Er

entdeckte zwei Fußabdrücke, die sich in Form und Größe deutlich voneinander unterschieden. Und noch etwas fiel ihm auf, das hier nicht hinzugehören schien. Etwas blinkte golden.

»Schau mal«, sagte er zu Nadeshda. »Was ist das?«

Nadeshda ging in die Knie. »Ein Schmuckstück«, sagte sie. »Eine Kette mit Anhänger vielleicht.«

»Ruf mal die Spurensicherung«, sagte Thiel.

***

Die junge Frau aus dem Sekretariat begleitete Boerne zur Aula und öffnete ihm die Tür. Auf der Bühne probte ein junger Cellist, begleitet von einem Geistlichen am Klavier.

»Steffen muss jeden Moment kommen«, sagte die Frau freundlich. »Wenn Sie hier warten möchten?«

Boerne nickte. Er nahm in der letzten Reihe Platz und lauschte dem Spiel des jungen Mannes.

Talentiert, dachte Boerne. Hat aber noch einen weiten Weg vor sich.

Tatsächlich dauerte es nur wenige Minuten, bis Steffen hereinkam, den Koffer mit der kaputten Geige in der Hand. Boerne erhob sich. Steffen erstarrte, als er ihn erkannte.

»Ich möchte mit dir reden«, sagte Boerne leise und bat ihn mit einer Kopfbewegung in Richtung Tür auf den Gang hinaus. Steffen folgte nur widerwillig.

»Ich muss Herrn Wolff sagen, dass die Geige kaputt ist«, sagte er, als sie draußen waren.

»Ist das der Herr am Klavier?«, fragte Boerne.

Steffen nickte. Seine Augen waren gerötet. Offenbar hatte er geweint.

»Wird er sehr böse werden?«

»Nein«, sagte Steffen. »Nicht böse. Aber traurig. Das ist seine Lieblingsgeige.«

Boerne räusperte sich. »Du probst für einen Wettbewerb?«, fragte er.

»Ja. ›Münster musiziert‹. Das ist jedes Jahr hier im Seminar.«

»Dann wirst du die hier ja jetzt gut gebrauchen können.« Etwas umständlich hielt Boerne ihm seinen Geigenkoffer hin, den er unter seinem Mantel mit dem geschienten Arm getragen hatte.

Steffen sah ihn ungläubig an. »Ihre Kurtzendörffer?«, fragte er.

Boerne nickte. »Ich ...«, er räusperte sich erneut, »... ich wollte mich bei dir entschuldigen.«

Wolff hatte Boerne sehr distanziert die Hand – oder vielmehr: die Finger der Linken geschüttelt. Als Steffen ihm die zerbrochene Geige gezeigt hatte, war sämtliche Farbe aus seinem Gesicht gewichen.

Boerne hatte ihm angeboten, Geigenbauer Wittmann zu bitten, sie nach Möglichkeit wieder instand zu setzen, aber Wolff hatte gemurmelt, dass er das lieber selbst versuchen würde. Erst der Anblick der Kurtzendörffer hatte ihn halbwegs besänftigen können, und er hatte zufrieden genickt, als Steffen die ersten Töne darauf spielte.

Nun saß Boerne wieder auf dem Stuhl in der letzten Reihe und lauschte der Mozartsonate, die Steffen spielte. Er spürte einen Kloß im Hals. Er hatte die Kurtzendörffer noch nie so klingen gehört. Steffen stand vor der Bühne, Wolff saß auf dem Bühnenrand und ließ ihn keine Sekunde aus den Augen. Als er Steffen unterbrach, um ihm Anweisungen zum genaueren Herausarbeiten der Hauptlinie zu geben, stand Boerne leise auf und ging hinaus auf den Gang, wo er fast von Hauptkommissar Thiel über den Haufen gerannt wurde.

»Ach, Professor …!« Thiel sah ihn erstaunt an. »Was machen Sie denn hier?«

»Na, das sehen Sie doch.« Boerne wies kühl auf die Glastür der Aula, an der ein Plakat hing, das den Wettbewerb »Münster musiziert« ankündigte. »Ich fördere junge Münsteraner Talente.«

»Das ist ja toll«, sagte Thiel. Seine Miene war allerdings ungläubig.

»Und Sie?«, fragte Boerne, bemüht, das Thema zu wechseln.

»Ich mach meine Arbeit«, brummte Thiel. »Ich versuch's zumindest … Ist Herr Wolff da drinnen?«

***

»Nein«, sagte Wolff. »Das hab ich noch nie gesehen. Tut mir leid.«

Er saß an seinem Schreibtisch. Thiel stand ihm gegenüber und hielt ihm die Kette mit dem goldenen Anhänger in Form einer kleinen Taube vor die Nase. Er hätte ihm gern geglaubt, aber Wolffs zusammengepresste Lippen wollten ihm nicht gefallen.

Hinter ihm betrat Schwester Agathe das Büro und trug ein Tablett mit Kaffee herein.

»Sind Sie sicher?«, fragte Thiel.

Wolff wich seinem Blick aus.

»Das ist ein handgearbeitetes Stück und damit sicher ein Unikat«, sagte Thiel und reichte Wolff die Kette. »Sehen Sie es sich noch mal genau an.«

Wolff nahm den Anhänger nun merklich widerwillig in die Hand. Thiel war sich nicht sicher, aber sie schien zu zittern.

»Was hat denn dieses Schmuckstück mit Ludwigs Tod zu tun?«, fragte Wolff.

Schwester Agathe hatte das Tablett auf dem Besprechungstisch abgestellt. Nun trat sie an den Schreibtisch und betrachtete ebenfalls die Kette und den Anhänger. Eine steile Falte erschien auf ihrer Stirn.

»Darf ich mal?«, fragte sie.

Mit einem Achselzucken nahm Thiel dem zögernden Wolff den kleinen Vogel ab und reichte ihn der Schwester. Sie nahm die Kette in die Hand und starrte sie an. Ihrer Miene nach schien sie ein Gespenst zu sehen.

»Das kann nicht sein«, murmelte sie und legte das Schmuckstück wieder auf den Schreibtisch. Dann ging sie schnellen Schrittes zur Tür und öffnete sie.

»Dorothea«, rief sie in das angrenzende Sekretariat hinein.

Die junge Frau erschien in der Tür und sah sie fragend an.

»Die grauen Aktenschränke ganz hinten im Keller«, sagte Schwester Agathe. »Bitte suchen Sie doch mal eine Akte raus. Der Name ist Henning, Lena Henning.«

Bei der Nennung des Namens zuckte Wolff zusammen. Schwester Agathe sah ihn an, aber er senkte den Blick.

»Bin gleich zurück«, sagte die Schwester und verließ das Büro.

Thiel hob den Deckel von der Kanne und sah hinein, aber der Kaffee war mittlerweile alle. Wolff saß stumm und reglos an seinem Schreibtisch. Endlich kam Dorothea Lenz wieder herein, allerdings mit leeren Händen.

»Es tut mir leid«, sagte sie. »Ich hab alles durchgesehen. Eine Akte Henning gibt es nicht.«

Kurz hinter ihr hatte Schwester Agathe den Raum betreten.

»Danke, Dorothea«, sagte sie, und die junge Frau verließ gehorsam das Büro. Allerdings ließ sie die Tür offen.

»Ich hab hier was«, sagte Schwester Agathe.

Sie legte ein Fotoalbum vor Thiel auf den Tisch und blätterte darin, bis sie auf das Foto einer jungen Frau stieß.

»Das ist sie«, sagte Schwester Agathe. »Lena Henning.«

Wolff stand von seinem Schreibtisch auf, trat zu ihnen an den Besprechungstisch und starrte auf das Foto.

Lena Henning hatte dichte dunkle Locken und ein offenes, fröhliches Lachen. Und an ihrer Halskette baumelte ein kleiner goldener Vogel.

Thiel betrachtete die Bildunterschrift.

»1989 – das ist zwanzig Jahre her«, sagte er.

»Sie war eine Schreibkraft«, sagte Schwester Agathe.

»Schwester Agathe hat ein sehr gutes Gedächtnis«, sagte Wolff mit sanftem Spott.

Thiel ging hinüber zum Schreibtisch und holte sich Wolffs Lupe. Sein Blick streifte die offene Tür zum Sekretariat. Dorothea stand direkt dahinter und schien in einer Akte zu blättern.

»Ich weiß es noch genau«, sagte Schwester Agathe abschätzig. »Sie war eine völlig exaltierte Person.«

Thiel setzte sich wieder und betrachtete den Anhänger mit der Lupe. Es gab keinen Zweifel, es handelte sich um das gleiche Schmuckstück, das nun hier vor ihm auf dem Tisch lag. Zwanzig Jahre später.

»Sie legte größten Wert auf ihr Äußeres«, fuhr Schwester Agathe fort. »Und wenn sie gelacht hat …« Sie brach den Satz ab, als sei allein die Vorstellung einer lachenden Frau etwas Obszönes.

»Herr Wolff«, sagte sie mit vorwurfsvollem Unterton. »Sie werden es doch noch wissen …«

»Ja, natürlich …« Wolff nickte und lächelte in sich hinein. Er schien Schwester Agathes Ablehnung gegenüber Lena Henning nicht ganz zu teilen. »Du meine Güte. Ich war damals selbst noch Seminarist … Darf ich mal?«, fragte er und deutete auf das Album.

»Ja bitte …« Thiel schob es ihm hin. Wolff griff danach und betrachtete das Bild mit einem lächelnden Kopfschütteln.

»Wir haben sie alle sehr gemocht …«, sagte er.

»Die Herren Seminaristen waren alle völlig verknallt in sie«, korrigierte Schwester Agathe eisig.

»So könnte man sagen«, sagte Wolff und lachte leise. »Natürlich *rein* platonisch.« Er schob das Album wieder zu Thiel zurück.

»Sie war nicht lange hier«, sagte Schwester Agathe, und ihr Ton verriet die Befriedigung über diesen Umstand. »Herr Mühlenberg hat das einzig Richtige getan.«

Wolff nickte. »Ich erinnere mich noch genau, wie er sagte, sie störe die Konzentration der Seminaristen.« Er lachte wieder, aber sein Blick war melancholisch. »Aufruhr der Hormone …«

Sein Lachen erstarb, und auf Thiel wirkte es plötzlich, als kämpfe er mit den Tränen.

»Wo ich sie jetzt finde, können Sie mir nicht sagen?«, fragte er.

»Tut mir leid«, sagte Schwester Agathe mit einem entschiedenen Kopfschütteln.

Wolff hob in einer entschuldigenden Geste die Hände. »Ich habe keine Ahnung«, sagte er.

***

In der Diele brannte Licht. Boerne schloss die Tür hinter sich.

»Hallo? Jemand da?«, rief er und ging ins Wohnzimmer.

»Hallo …«, antwortete Steffen unsicher.

»Steffen«, grüßte Boerne und nickte ihm zu.

Der Junge saß auf dem schwarzen Ledersofa. Die Kurtzendörffer lag im offenen Koffer vor ihm auf dem Glastisch, daneben ein unordentlicher Stapel Notenhefte. Er trug weiße Handschuhe und war gerade dabei, die Rosshaare des Bogens mit Kolophonium zu behandeln.

Hastig legte er den Bogen beiseite. »Ich wollte nur – ich räum das weg …«, sagte er schnell und wollte aufstehen, aber Boerne hielt ihn mit einer Geste zurück.

»Nein, nein … Bleib nur hier«, sagte er. »Mach ruhig weiter.«

Steffen sank wieder auf das Sofa zurück, aber seine Miene blieb skeptisch. Boerne drehte sich mit dem Rücken zum Sessel und ließ seinen Mantel von der Schulter gleiten, sodass er halbwegs glatt auf der Lehne landete. Langsam entwickelte er so etwas wie Routine im Umgang mit seinem Handicap.

»Die Kurtzendörffer ist wirklich toll«, sagte Steffen

mit echter Begeisterung in der Stimme. »Ich behandle gerade den Bogen.«

Boerne ließ sich neben ihm auf das Sofa fallen. Er lehnte sich zurück, schloss die Augen und schnüffelte nach dem Duft des runden, rötlich goldenen Harzbrockens, über den Steffen das Haar des Bogens gleiten ließ.

»Schweizer Spezialmischung nach Doktor Rütli«, sagte er. »Mit Lärchenholzbalsam und achtzehn weiteren, hochgeheimen Ingredienzien.«

Steffen sah verblüfft auf. »Das erkennen Sie – einfach so?«, fragte er.

Boerne lächelte in sich hinein. »Mit geschlossenen Augen …«, sagte er.

»Ich bekomm das immer von meinem Geigenlehrer«, sagte Steffen. »Herr Wolff sagt, es ist das Beste.«

Boerne setzte sich wieder auf. »Es ist das beste Kolophonium auf Gottes weiter Erde«, sagte er. »Und ich verabscheue es.«

Steffens Blick flog verständnislos zwischen ihm und dem Kolophonium hin und her.

»Genauso wie ich diese elende Kurtzendörffer-Geige verabscheue«, setzte Boerne hinzu.

Steffen hatte aufgehört, mit dem Bogen über den runden Harzklotz zu streichen. Mit gerunzelter Stirn sah er Boerne an.

»Meine ganze Kindheit lang hat mein Vater – Gott hab ihn selig – mich mit Geigenunterricht *gequält*«, fuhr Boerne leise fort. »Ich war absolut talentfrei. Aber ich wollte ihn nicht enttäuschen. Doch ganz gleich, wie sehr ich mich bemühte, er hat immer gesagt«, er imitierte die heisere Stimme eines strengen, alten Mannes, »Karl-Friedrich – ein Instrument wie *dieses* hat jemand wie *du* gar nicht *verdient*!«

»Aber Sie haben sie doch extra restaurieren lassen«, wandte Steffen ein.

Boerne lächelte traurig. »Um sie zu verkaufen. Um sie *endlich* loszuwerden«, sagte er.

Steffen verstaute Bogen und Kolophonium ordentlich im Geigenkoffer, dann streifte er die Stoffhandschuhe ab und verschloss den Koffer.

»Und?«, fragte Boerne betont munter. »Womit quälen deine Eltern dich?«

Steffen zuckte die Achseln und wandte sich halb ab. »Meine Mutter lässt mich eigentlich meistens in Ruhe«, sagte er.

»Und dein Vater?«, fragte Boerne.

»Der wohnt nicht bei uns«, antwortete Steffen schnell.

Boerne legte den Kopf schräg. »Geschieden?«, fragte er.

»Nee«, stieß Steffen hervor, ohne ihn anzusehen. »Nie geheiratet.«

»Aber ihr seht euch doch manchmal, oder?«, fragte Boerne.

»Er ist meistens beschäftigt. Viel unterwegs und so«, rasselte Steffen herunter. Ganz offenbar wollte er über seinen Vater nicht reden.

Eine kleine Pause entstand. Der Junge begann Boerne leidzutun.

»Mein Vater war auch viel unterwegs«, sagte er leise. »Und manchmal, wenn ich ihn besonders vermisst hab, bin ich heimlich in sein Arbeitszimmer gegangen … Das war streng verboten.«

Steffen wandte sich ihm wieder zu, und ein Mundwinkel zuckte kurz nach oben.

»Und da … so zwischen seinen Sachen«, erzählte Boerne weiter, »der Geruch nach Papier und Leder –

da war es ein bisschen so, als wäre er bei mir gewesen …« Er lachte leise und schüttelte den Kopf über den kleinen Jungen, der er wohl doch auch mal gewesen war.

In Steffens Augen glomm ein kleines, verschwörerisches Lächeln auf. Aus seiner Hosentasche zog er einen einzelnen Schlüssel und präsentierte ihn Boerne.

»Wenn mein Vater wüsste, dass ich *den* hab – der würde in Ohnmacht fallen«, sagte er und grinste. »Und meine Mutter gleich mit …«

In diesem Moment wurde die Wohnungstür aufgeschlossen.

»Bin zurück!«, rief Karin Ellinghaus.

Eilig und mit erschrecktem Gesicht verstaute Steffen den Schlüssel wieder in der Hosentasche. Seine Mutter kam herein, sie trug noch ihren Mantel.

»Oh, Herr Professor! Sie sind schon da«, sagte sie und lächelte, aber ihr Blick flog nervös durch den Raum, offenbar in Erwartung irgendeines neuen Ärgers. »Ich war kurz was besorgen. Ich koch uns gleich was … Ist alles in Ordnung?«, fragte sie, da weder Steffen noch Boerne etwas sagten.

»Alles wunderbar«, sagte Boerne freundlich. »Ich hab Steffen nur gerade angeboten, meine Kurtzendörffer so lange zu behalten, bis seine Geige aus der Reparatur zurück ist.«

»Oh, das ist wirklich nett von Ihnen. Vielen Dank«, sagte Frau Ellinghaus und verschwand in der Küche.

Steffen wusste nicht, wo er hinschauen sollte, aber endlich sah er Boerne doch an. Es stand eine Menge in seinem Blick. Die Freude über die Geige war darin, aber auch die Angst um sein Geheimnis.

Boerne zwinkerte ihm zu. »Is was?«, fragte er.

SECHS

Thiel hing in seinem Schreibtischstuhl und starrte auf den goldenen Anhänger in seiner Hand. Staatsanwältin Klemm saß ihm gegenüber.

»So ein schönes Kind«, sagte sie und schob ihm das Foto von Lena Henning zu.

»Nicht wahr?« Thiel nickte grimmig. »Und deswegen natürlich ein schmerzlicher Dorn in Mühlenbergs katholischem Argusauge.«

»Chef?« Nadeshda saß im Nebenzimmer am Computer. »Chef, es gibt da ein Problem«, rief sie durch die offen stehende Tür. »Diese Lena Henning … die existiert irgendwie nicht.«

Klemm stand sofort auf, und auch Thiel wuchtete sich aus seinem Stuhl hoch.

»Laut Meldebehörde hat sie sich nie abgemeldet«, sagte Nadeshda, »Aber auch nie irgendwo anders angemeldet. Hier …« Sie reichte Klemm die ausgedruckten Ergebnisse ihrer Recherche. »Sie hat in zwanzig Jahren keinen neuen Personalausweis beantragt, keinen Führerschein, keinen Reisepass. Und bei Banken und Krankenkassen existiert sie auch nicht. So, als gäbe es sie gar nicht.«

Klemm überflog die Blätter und reichte sie an Nadeshda zurück.

»Wer derart systematisch aus allen Registern verschwindet«, sagte sie, »*will* wahrscheinlich nicht gefunden werden.«

Thiel lehnte im Türrahmen. Er winkte ab.

»Viel interessanter ist doch die Frage: Warum taucht

sie ausgerechnet jetzt plötzlich wieder auf?«, sagte er. »Nach zwanzig Jahren?«

***

Boerne rührte mit dem Kochlöffel, der an dem Klettband an seiner linken Hand hing, in der Gemüse-Kalbfleisch-Soße, die in dem großen Edelstahltopf auf dem Herd köchelte. Aus dem Wohnzimmer drang Musik, Steffen hatte offenbar eine Platte aufgelegt. Es war Geigenmusik, aber so leise, dass Boerne nicht erkennen konnte, welches Stück es war. Er klopfte den Kochlöffel sorgfältig am Topfrand ab und ging hinüber ins Wohnzimmer.

Jetzt hörte er, dass es die Es-Dur-Sonate von Richard Strauss war. Steffen hockte vor dem Plattenspieler und studierte das Cover der LP.

»Das muss lauter«, sagte Boerne.

Steffen sah ihn fragend und einigermaßen überrascht an.

»Lauter!«, sagte Boerne fröhlich. »Da, der Knopf rechts.«

Steffen drehte den Verstärker weiter auf, und Boerne grinste glücklich.

»Ja!«, rief er.

Zufrieden ging er wieder in die Küche zu seinem Topf.

»Es gibt Musik, die muss man einfach laut hören«, sagte er zu Karin Ellinghaus, die gerade die weißen Arzberg-Teller aus dem Küchenschrank nahm. »Nein, nein«, sagte er entschieden. »Nehmen Sie ruhig mal das gute Geschirr, nicht wahr. Das aus dem Schrank im Wohnzimmer. Das mit dem Goldrand.«

Karin nickte, offenbar so erstaunt wie erfreut über seine Freundlichkeit, und ging hinaus.

Boerne rührte weiter in seinem Topf und wunderte sich über sich selbst.

***

Hans Wolff hatte den Rücken der Geige gelöst und betrachtete ihn nachdenklich. Es würde schwierig werden, den Riss so zu leimen, dass er dauerhaft halten würde. Wahrscheinlich würde er nicht umhinkommen, einen ganz neuen Rücken einzusetzen. Aber das richtige Holz mit dem richtigen Alter und der richtigen Stärke zu finden würde Zeit kosten und auch Geld.

Die Wohnung war dunkel, nur die Leuchte an seinem Arbeitstisch schuf einen hellen Fleck. Die Stille um ihn herum war fast greifbar. Er war allein, und so fühlte er sich auch. Müde schloss er die Augen.

Als die Türklingel schrillte, schrak er hoch. Schnell stand er auf und ging zur Tür. Er öffnete und starrte in das dunkle Treppenhaus. Vor der Tür stand niemand. Er drückte auf den Lichtschalter und sah die Treppen hinauf und hinunter, aber kein Mensch war zu sehen. Dann entdeckte er einen Umschlag auf seiner Fußmatte. Zögernd hob er ihn auf. Nach einem letzten Blick ins Treppenhaus schloss er die Tür wieder und ging zurück zu dem Tisch, auf dem die zerlegte Geige lag.

Er betrachtete den Umschlag lange, weder Adresse noch Absender standen darauf. Er brauchte Zeit, bis er den Mut aufbrachte, ihn zu öffnen. Etwas Gutes, da war er sicher, würde er nicht enthalten.

Schließlich gab er sich einen Ruck. Der Umschlag war nicht zugeklebt, er konnte ihn einfach aufklappen.

Darin war ein Ausriss aus einem christlichen Kalenderblatt. Dürers »Betende Hände« waren darauf abgebildet, darunter stand in Frakturlettern gedruckt: »Wer Gott gehorcht, hasst die Lüge.«

Wolff legte das Blatt vor sich.

Seine Hände zitterten.

***

»Also, dieser Gothic-Typ flüchtet quer über den Friedhof und ich hinterher«, erzählte Boerne gut gelaunt.

»Was ist denn ein Gothic-Typ?«, fragte Karin.

»Ein Grufti«, erklärte Steffen.

»Ach was«, lachte Boerne. »Grufti sagen nur Leute, die kein Tie-Äitsch aussprechen können. So wie der Herr Thiel.«

Alle lachten herzlich.

»Also, ich verfolge den Burschen über den Zentralfriedhof. Der Hauptkommissar weit hinter mir, der braucht halt immer ein bisschen länger ...« Boerne feixte, Steffen und Karin grinsten amüsiert.

»Noch einen Schluck Rotwein?«, fragte Karin.

»Oh ja bitte, sehr gern«, sagte Boerne. Karin schenkte ihm von dem 2004er Château Marquis de Therme nach und drehte den Trinkhalm in seine Richtung.

Boerne spießte eine Makkaroni auf die Gabel, die an dem Klettband an seiner Linken hing, und kaute genussvoll. Die Soße war ihm gelungen, und er hatte Karin dazu gebracht, zum genau richtigen Zeitpunkt die Nudeln abzugießen, sodass sie wunderbar al dente waren.

»Schließlich hatte ich den Mann in eine Ecke gedrängt«, sagte er, noch halb kauend, »und ich gestikuliere zu Thiel hin, und irgendwann hat auch er es verstanden, also: dass er ihm den Weg abschneiden soll. Er rennt auch endlich los. Ich bin *so* kurz hintendran ...« Boerne versuchte Daumen und Zeigefinger zusammenzubringen, aber es gelang ihm nicht. Steffen half ihm aus. Er grinste und zeigte eine Spanne von vielleicht fünf Zentimetern.

Boerne lachte. »Noch ein bisschen weniger.«

Steffen zeigte zwei Zentimeter, und Boerne nickte freudig.

»Genau *so* viel. *So* knapp dran. Und ich denke, jetzt kommt der Thiel doch wohl von der Seite, aber er kommt nicht, und ich muss einem Sandhaufen ausweichen, nicht wahr, und hinter dem Sandhaufen ist eine Grube ausgehoben, also für ein neues Grab, und mit diesem grünen Zeug ausgelegt, was die da benutzen ... und *da* liegt er drin, der Hauptkommissar Thiel ...«

Karin lachte und Steffen lachte und Boerne lachte und wunderte sich erneut über sich selbst.

***

Es gab einen einfachen Begriff für das, was Thiel fühlte, als er, einen Packen Akten unter dem Arm, die Treppe zu seiner Wohnung hochschlurfte: Müdigkeit. Die letzten zwei Nächte steckten ihm in den Knochen.

Man ist halt keine dreißig mehr, dachte er.

Er hatte gerade seine Tür erreicht, als hinter ihm die Wohnungstür des Professors geöffnet wurde.

»Und Sie kommen ganz sicher allein zurecht?«, hörte er Frau Ellinghaus fragen.

»Oh ja«, antwortete ein jovialer Boerne. »Machen Sie sich mal keine Sorgen.«

Thiel traute seinen Ohren nicht. Er drehte sich um. Boerne stand in seiner Wohnungstür, und Thiel sah ungläubig, wie Frau Ellinghaus ihm den obersten Pyjamaknopf schloss. Der Professor bedankte sich artig.

»Haben Sie vielleicht Lust, morgen zum Vorspielen zu kommen?«, fragte der Bursche, den Boerne neuerdings förderte.

»Aber Steffen. Doktor Boerne ist sehr beschäftigt«, wandte seine Mutter ein.

Doch Boerne schien höchst erfreut. Nicht einmal die Unterschlagung seines Professorentitels konnte seine Euphorie dämpfen. »Nein, nein, nein!«, flötete er. »Wieso denn? Natürlich komme ich. Ich komme sehr gern. Danke für die Einladung.«

Thiel stand, seinen Schlüssel in der Hand, vor seiner Tür und schüttelte stumm den Kopf.

»Gute Nacht«, sagte Frau Ellinghaus. Auf dem Weg zur Treppe entdeckte sie Thiel.

»Guten Abend«, sagte sie freundlich, und Thiel brummte ein »'n Abend« zurück.

Mutter und Sohn stiegen die Treppe hinunter; Boerne stand in seinem blauen Pyjama auf dem Treppenabsatz und winkte ihnen mit dem geschienten linken Arm hinterher.

Thiel stellte sich neben ihn. Gemeinsam sahen sie den beiden nach, bis sie aus der Haustür waren.

»Na, der Herr *Doktor* wird doch wohl nicht plötzlich zum Familienmenschen«, sagte Thiel dann.

Boerne wiegte den Kopf. »Ich muss eingestehen, so eine alltägliche soziale Interaktion hat schon erstaunlich angenehme Nebeneffekte.«

»Ja, dann sollte man natürlich das Vorspiel auf keinen Fall verpassen«, sagte Thiel.

Boerne verdrehte genervt die Augen, und Thiel begab sich gemächlich zu seiner Wohnungstür. »Und so lebten sie dann glücklich bis an das Ende ihrer Tage«, spöttelte er und gähnte herzhaft.

Boerne deutete mit dem Kinn auf den Aktenstapel, den Thiel bei sich trug.

»Was hat unser Rumpelstilzchen denn da unterm Arm?«, fragte er.

Thiel hielt ihm den Papierpacken hin. Obenauf lag eine Klarsichthülle mit dem Foto aus Schwester Agathes Album. Boerne beugte sich interessiert vor und sah es an.

»Lena Henning«, sagte Thiel. »Sie erotisierte vor zwanzig Jahren das halbe Priesterseminar und löste sich dann in Luft auf.«

»Interessante Person?«, fragte Boerne.

Thiel nahm die Akten wieder unter den Arm und schloss seine Tür auf.

»*Höchst* interessant. Und höchst verdächtig«, sagte er, betrat die Wohnung, drehte sich dann aber noch einmal um. »Ach, und Herr Professor …«

Boerne, der ebenfalls schon halb in seiner Wohnung war, öffnete die Tür erneut und sah ihn an.

»*Gesegnete* Nachtruhe«, sagte Thiel und schloss die Tür.

***

Boerne lag in seinem Bett – auf dem Rücken, weil er keine andere Möglichkeit hatte. Er hatte noch nie auf dem Rücken schlafen können, aber nun würde er es lernen müssen, das war klar. Aber dass er es heute schon schaffte, schien unwahrscheinlich. Er ignorierte das Jucken am rechten Handrücken, so gut es ging, aber es ging nicht gut. Er schloss die Augen und ließ seine Gedanken schweifen, in der vagen Hoffnung, irgendwo auf eine Ablenkung zu stoßen. Das Nächstbeste, was ihm einfiel, war das Foto dieser Lena Henning. Ein hübsches Gesicht, aber das war vor zwanzig Jahren gewesen. Er versuchte, nach professionellem Maßstab zu interpolieren, wie sich bis heute ihre Gesichtsform, die Hautstruktur, die Haare, das Gebiss und so weiter aller Wahrscheinlichkeit nach verändert hatten, kurz: wie die Frau wohl heute aussehen würde. Als er damit fertig war, öffnete er die Augen und stand auf.

Es dauerte, bis Thiel auf sein ausdauerndes Klingeln hin öffnete. Er trug zu Boernes Erleichterung nicht mehr das braune St.-Pauli-T-Shirt von gestern, sondern das schwarze.

»Thiel«, kommandierte Boerne. »Setzen Sie mir meine Brille auf und dann ziehen Sie mir was an. Wir müssen in mein Büro.«

Thiel sah ihn an, als würde er ihn gerne umbringen, wäre aber leider zu müde dafür. Und nach Diskussionen stand Professor Boerne momentan nicht der Sinn.

***

Thiel schleppte sich hinter Boerne her, der leichtfüßig die Gänge der Rechtsmedizin entlanglief. An den Türen holte er immer ein wenig auf, weil es für Boerne umständlich war, sie zu öffnen. Auf Thiel zu warten, damit der sie für ihn aufmachte, erlaubte ihm allerdings seine Ungeduld nicht.

»Unterm Schreibtisch, da!«, sagte Boerne, als sie endlich in seinem Büro waren. Er wies auf einen niedrigen Rollschrank und ließ sich auf einen der Stühle am Beistelltisch fallen.

Thiel bückte sich und schob den Rollschrank zu ihm hin. »Alle?«

»Nein, nur die obere Schublade.«

Thiel wuchtete einen ganzen Stapel Aktenmappen auf den Tisch vor Boerne. Dann nahm er die erste, klappte sie auf und hielt sie dem Professor hin. Der warf einen kurzen Blick darauf.

»Nein«, sagte er dann.

Thiel warf die Mappe auf den Tisch und nahm die nächste.

»Nein«, sagte Boerne wieder.

Der Vorgang wiederholte sich ein Dutzend Mal, und Thiel war kurz davor, im Stehen einzuschlafen. Ein ums andere Mal vollführte er dieselbe gleichförmige Bewegung: Akte greifen, Akte aufklappen, Akte Boerne hinhalten, Akte weglegen. Kurz bevor ihm die Augen zufielen, sagte Boerne plötzlich:

»Halt. Die war's.«

Thiel riss sich zusammen und sah in die Akte.

»Sie kam mir gleich so bekannt vor«, sagte Boerne. »Ich wusste nur nicht mehr, woher.«

Neben den Obduktionsfotos befand sich in der Akte auch eine Porträtaufnahme der Frau, die zu ihren Lebzeiten aufgenommen worden war. Sie war Mitte vierzig, sah aber älter, verlebter aus. Sie hatte grobporige Haut und blonde, wahrscheinlich gefärbte, glatte Haare.

Thiel zog das Foto von Lena Henning aus der Tasche. Die Frisur veränderte die Frau natürlich erheblich, aber abgesehen davon und von dem Altersunterschied konnte es keinen Zweifel geben.

Und sie trug eine Halskette mit einem Anhänger.

»Der goldene Vogel!«, sagte Thiel. »Boerne, Sie haben recht. Das ist Lena Henning.«

»Verstorben als Hanna Lenz«, sagte Boerne.

Thiel nickte. »Also doch. Eine andere Identität …«

»Ich hatte sie selbst auf dem Tisch«, sagte Boerne. »Wasserdichter Suizid. Sie hatte ein manifestes Suchtproblem. Medikamente. Sechs Aufenthalte in Entzugskliniken und genauso viele Rückfälle. Zwischendurch immer mal wieder Depressionen. Und dann vor zwei Monaten: die tödliche Überdosis. In einem Hotelzimmer. Das tragische Ende einer gescheiterten Existenz …«

»Na dann: Gute Nacht.« Thiel klappte die Akte zu, klemmte sie sich unter den Arm und ging zur Tür.

Boerne sah ihm irritiert nach. »Wo wollen Sie denn jetzt hin?«

»Ins Bett.« Thiel gähnte herzhaft. »Meine Hauptverdächtige ist soeben verstorben, dann kann ich genauso gut wieder ins Bett gehen und schlafen … endlich!«

»Und wer räumt hier auf?«, fragte Boerne empört und wies auf den unordentlichen Aktenhaufen, den ihre Aktion hinterlassen hatte.

Thiel blieb stehen und kam wieder zurück.

»Sagten Sie nicht, Sie wollten ins Bett gehen?«, fragte Boerne.

»Wann war das?«, fragte Thiel.

»Vor nicht mal einer Minute«, antwortete Boerne.

Thiel winkte genervt ab. »Der Suizid, wann war *der*?«

»Vor neun Wochen.«

»Vor neun Wochen?« Thiel ließ sich in Boernes weißen Leder-Chefsessel sinken.

»Nehmen Sie doch Platz«, sagte Boerne pikiert.

Thiel nahm die beiden Fotos wieder aus der Akte und sah sie an. In Gedanken versunken legte er die Füße auf den Schreibtisch und präsentierte Boerne die groben Profilsohlen seiner schweren Schuhe.

Boerne sah angewidert zur Seite.

»Wenn Lena Henning vor neun Wochen gestorben ist – wer war dann die Frau auf dem Friedhof?«, fragte Thiel.

»Als Mediziner kann ich Ihnen versichern: Von *meinen* Patienten attackiert keiner mehr einen kirchlichen Würdenträger«, sagte Boerne.

»Neun Wochen nachdem Lena Henning gestorben ist, greift eine unbekannte Frau Mühlenberg auf dem Friedhof an – und zurück bleibt der Schmuck von Lena Henning. Das kann doch kein Zufall sein ...«

»Schmuck vermacht man Geliebten und Verwandten«, sagte Boerne.

»Sie hatte keine Verwandten«, sagte Thiel.

»Sind Sie sicher?« Boernes Contenance hatte ein Ende. »Sagen Sie mal, nehmen Sie mal die Füße da runter?«, sagte er scharf.

»Gott, sind Sie kleinlich«, seufzte Thiel, aber er tat, was von ihm verlangt wurde.

»Blättern Sie mal zwei Seiten zurück«, sagte Boerne. »Hanna Lenz – oder Lena Henning – hatte einen Kaiserschnitt.«

SIEBEN

Es war noch nicht völlig hell, und das allgegenwärtige Münsteraner Glockengeläut nagte an Thiels übermüdeten Nerven, als er über den Domplatz in Richtung Seminar marschierte. Er stürmte an den Heiligenfiguren in den Gängen vorbei, deren Düsternis ihn heute überhaupt nicht beeindruckte, pflügte durch eine entgegenkommende Gruppe Seminaristen, die erschrocken auswichen, und riss die Tür zum Sekretariat auf, ohne anzuklopfen.

Es war noch nicht besetzt. Thiel ging einfach hindurch und betrat das Büro von Hans Wolff.

Wolff saß an seinem Schreibtisch und schien sein ungebührliches Eindringen kaum wahrzunehmen. Nur langsam hob er den Blick von einem kleinen Blatt Papier, das er in den Händen hielt. Als er Thiel bemerkte, faltete er es zusammen und steckte es in seine Jacketttasche. Der Blick, mit dem er Thiel ansah, war erschöpft und voller Melancholie, aber um seine Mundwinkel spielte das weiche, verständnisvolle Lächeln des Seelsorgers.

»Du sollst nicht lügen. Welches Gebot war das noch mal?«, fragte Thiel.

»Das ist das achte Gebot, Herr Thiel«, sagte Wolff leise. Er faltete die Hände auf der Schreibtischplatte und senkte den Kopf.

»Sie haben mich angelogen, Herr Wolff! Lena Henning, Sie kannten sie sehr gut.«

Wolff nickte stumm, ohne ihn anzusehen.

»Und Sie haben auch den Schmuck wiedererkannt.

Ludwig Mühlenberg hat Lena Henning damals entlassen, weil sie schwanger war. Von einem Seminaristen. Nämlich von *Ihnen*, Herr Wolff.«

Wolff sah ihn lange an. In seinem Gesicht arbeitete es, als kämen lange verdrängte Erinnerungen wieder an die Oberfläche. »Wer hat es Ihnen erzählt?«, fragte er.

»Lena Henning«, sagte Thiel.

Wolff zog eine Schublade seines Schreibtischs auf und holte einen Aschenbecher und eine Packung Filterzigaretten hervor. Mit fahrigen Bewegungen zündete er sich eine an.

»Was hat Lena mit der Sache zu tun?«, fragte er.

»Ich habe ihren Abschiedsbrief gelesen, den sie ihrer Tochter hinterlassen hat«, sagte Thiel. »Wir haben eine Kopie davon in ihrer Kriminalakte gefunden.«

Nun wurde Wolffs Blick wirklich fassungslos.

»Das geht jetzt etwas schnell«, sagte er, sichtlich verwirrt. »Abschiedsbrief?« In einer hilflosen Bewegung warf er die Zigarettenpackung wieder in die Schublade.

»Sie hat sich umgebracht«, sagte Thiel.

Wolffs Miene versteinerte. »Oh mein Gott …«, stieß er leise hervor.

»Sie muss eine sehr unglückliche Frau gewesen sein, wenn Sie mich fragen«, fuhr Thiel mitleidlos fort. »Und wissen Sie, wen sie für ihr Unglück verantwortlich macht? Ludwig Mühlenberg – und *Sie*. Sie haben sie damals verlassen, als sie schwanger war – und Mühlenberg hat sie dann auch noch rausgeschmissen.«

Wolff schwenkte in einer Geste heftigen Widerspruchs seine Zigarette, aber Thiel war noch nicht fertig.

»Also ist sie untergetaucht und hat ihre Tochter alleine großgezogen. *Ihre* Tochter, Herr Wolff.«

Er knallte ihm das Foto auf den Tisch, das er in Hanna Lenz' Akte im Präsidium gefunden hatte. Eine junge Frau auf einer Treppe, die ein kleines Mädchen auf dem Arm hielt.

Wolff nahm es und sah es ungläubig an.

»Herzlichen Glückwunsch«, sagte Thiel. »Sie sind soeben Vater geworden.«

In Wolffs Gesicht konnte Thiel eine Welt einstürzen sehen.

Nebenan betrat Dorothea das Sekretariat. Durch die offene Tür sahen sie sie ihren dunklen Mantel aufhängen.

»Morgen, Herr Wolff«, sagte sie und setzte sich an ihren Schreibtisch.

»Guten Morgen, Dorothea.« Wolff sah unsicher fragend zu Thiel. Der nickte.

»Lena hatte den Namen Lenz angenommen«, sagte er. »Hanna Lenz.«

Wolff drückte die Zigarette sorgfältig aus. Dann erhob er sich langsam und ging mit zögernden Schritten zur Tür. Er wollte sie hinter sich zuziehen, aber Thiel hielt sie fest. Er blieb hinter der Tür stehen, sodass er das Gespräch mitverfolgen konnte.

Wolff betrat das Sekretariat. Er blieb in der Mitte des Raumes stehen und sah Dorothea lange an. Sie erwiderte den Blick stumm – und abweisend. Wolff zog das Blatt mit den Betenden Händen aus der Tasche, strich es glatt und legte es vor sie auf den Tisch.

»Wenn man es weiß, siehst du ihr schon verblüffend ähnlich, deiner Mutter«, sagte er und hob die Mundwinkel wieder zu dem Lächeln, das seine Schäfchen so an ihm mochten.

Dorothea Lenz antwortete nicht. Sie sah ihn schweigend und abwartend an.

»Dorothea«, sagte Wolff. »Das Geschenk Gottes.«

»Ich heiße Doro«, sagte sie. »So nennen mich alle.«

Sie saß steif und aufrecht auf ihrem Stuhl. Wolff stand ihr gegenüber. Langsam sank er nieder und kniete vor ihrem Schreibtisch. Er faltete die Hände darauf.

»Warum hast du denn nicht gesagt, wer du bist?«, fragte er. »Du kannst dir gar nicht vorstellen, wie sehr ich mich freue, dass wir uns kennenlernen.« Sein Lächeln war flehend, aber ihre Miene blieb eisig.

»Als Lena schwanger wurde, *so* kurz vor meiner Priesterweihe … ich … ich war verzweifelt. Ich habe mich Ludwig anvertraut, also Regens Mühlenberg. Er hat zu mir gesagt: ›Priester sein heißt auch stark sein.‹ Und er hat mir geraten, nach Rom zu gehen. Zu Exerzitien. Um Abstand zu gewinnen. Mich zu prüfen.«

Seiner Miene war zu entnehmen, dass ihm klar war, dass diese Erklärung kein Anlass für ein Verzeihen sein konnte, und so war es auch.

»Du hast sie, ohne noch mal mit ihr zu sprechen, sitzen gelassen. Einfach so!« Dorotheas eisiger Panzer platzte auf. Hasserfüllt schleuderte sie ihm die Worte entgegen.

»Nein!« Wolff schüttelte heftig den Kopf. »Nein, nicht *einfach so*. Ich wollte Lena! Ich wollte das Kind … also …« Hilflos wies er auf sie, als wage er nicht auszusprechen, dass sie es war, seine Tochter, die er genauso verlassen hatte wie seine große Liebe. Er ballte verzweifelt die Faust. »Ich *wollte* Priester werden«, sagte er leise. »Und als ich aus Rom zurückkam, war Lena fort.«

»Was hattest du denn erwartet?«, fragte Dorothea entrüstet.

»Stattdessen war ein Brief da«, fuhr er fort, ohne auf ihren Anwurf einzugehen. »›Du wirst unser gemeinsames Kind nie zu Gesicht bekommen. Verrotte in der Hölle.‹ Und da habe ich begriffen … erst *da*, dass ich sie verlassen habe, als sie mich am dringendsten brauchte. Ich hab nur mich gesehen – nicht sie. Ich hab gesucht, gesucht … *sie* gesucht … *dich* gesucht. Aber es war, als hätte euch die Erde verschluckt.«

»Ja«, fauchte Dorothea. »Weil Mühlenberg in der Zwischenzeit die Drecksarbeit für dich erledigt hat. Er hat Mama gesagt, dass du dich für die heilige Kirche entschieden hast. Er hat sie gefeuert. Er hat ihr das Geld gegeben.«

Wolff sah sie verständnislos an. »Welches Geld?«, fragte er.

Dorothea sah ihm in die Augen. Seine Frage war ehrlich. Er hatte keine Ahnung, was sie meinte. Sie blickte zur Seite. Vergeblich versuchte sie, die Tränen zurückzuhalten.

»Damit sie mich abtreibt«, stieß sie hervor. »Weil ich eine Sünde bin.«

In Wolffs Augen trat blankes Entsetzen. »Das habe ich nicht gewusst«, murmelte er. Er schlug die Hände vors Gesicht, dann erhob er sich von den Knien, machte ein paar ratlose Schritte durch den Raum. »Das wusste ich nicht!«, rief er aus. »Das hat er mir nicht erzählt.« Er rang die Hände. »Doro! Es war alles ein Fehler. Ein entsetzlicher Fehler! Ich hätte zu Lena stehen müssen.«

Dorothea stand auf und begann, wütend ihre Sachen vom Schreibtisch in ihre Handtasche zu werfen.

»Das hör ich mir nicht länger an«, rief sie. »Du hast alles kaputt gemacht. *Du* hast ja nicht mit ihr gelebt. *Du* hast sie nicht gesehen mit ihren ewigen Tabletten. Es wurde alles immer schlimmer …«

Thiel zog die Tür weiter auf und betrat den Raum.

»Frau Lenz, bei allem Mitgefühl, aber wo waren Sie eigentlich in der Nacht, als Mühlenberg starb?«, fragte er.

Dorothea fuhr herum. Ungläubig sah sie erst Thiel, dann ihren Vater an. Empörung trat in ihren Blick. Sie nahm das Blatt mit den Betenden Händen, knüllte es zusammen und warf es in ihre Tasche.

»Mama hatte recht«, zischte sie Wolff an. »Du willst mich nur loswerden. Ihr wollt mir was anhängen, ihr wollt mich fertigmachen. So wie ihr sie fertiggemacht habt!«

»Doro, bitte …«, sagte Wolff flehend.

»Ich geh jetzt.« Zornig griff sie ihre schwarze Kunstledertasche.

»Tut mir leid«, sagte Thiel. »Das geht leider nicht.«

»Doch, das geht«, sagte Dorothea. Ihre Hand fuhr in die Tasche und kam mit einer Dose Reizgas wieder zum Vorschein. Bevor Thiel reagieren konnte, hatte sie ihm das Gas ins Gesicht gesprüht. Als Wolff versuchte, sie aufzuhalten, sprühte sie auch in seine Richtung, dann lief sie aus dem Zimmer.

Thiel hustete und spuckte, er brauchte nur ein paar Sekunden, um so weit zu Atem zu kommen, ihr folgen zu können, aber die hatten gereicht, Dorothea einen Vorsprung zu verschaffen, den er nicht mehr aufholen konnte.

Er stürmte die Gänge entlang, ein paar Seminaristen sprangen erschrocken zur Seite, er schlitterte über den glatten Steinboden um die Ecke zum Ausgang, aber als er endlich mit tränenden Augen auf dem Domplatz stand, war von Dorothea Lenz weit und breit nichts mehr zu sehen.

***

Thiel ließ sich in seinen Schreibtischstuhl sacken und rieb sich die noch immer brennend tränenden Augen.

»Raus«, schnauzte er, als Nadeshda nach kurzem Klopfen den Kopf durch die Tür steckte.

»Ich hab von der verpatzten Festnahme gehört«, sagte sie und kam herein. »Es tut mir leid.«

»Verpatzte Festnahme!« Thiel schnaubte und rieb sich weiter die Augen. »Die Göre hat sich gewehrt. Gibt es schon irgendwelche Spuren von der Dame?«

»Fehlanzeige«, sagte Nadeshda, »aber die Fahndung läuft. – Ich hab mal ein bisschen im Internet recherchiert.«

Sie präsentierte einen beachtlichen Stapel bedrucktes Papier, das sie nun Blatt für Blatt vor Thiel auf den Tisch legte.

»Es gibt da Foren für Betroffene ... Selbsthilfegruppen für Priesterkinder ... anonyme Gruppen für Priester und ihre Frauen ... In England gibt's sogar Telefonhotlines für Kinder von Priestern.«

»Ja, in England«, maulte Thiel. »Die essen ja auch Lamm mit Pfefferminzsoße.«

Nadeshda verdrehte die Augen.

Thiel nahm eines der Blätter und studierte es. »Kirche darf nicht trennen«, stand da unter der stilisierten Zeichnung einer Kleinfamilie.

»Gibt's denn in Deutschland auch so viele?«, fragte er.

»Die Kirche sagt Nein. Aber die Betroffenen-Initiativen gehen davon aus, dass von den sechzehntausend deutschen Priestern die Hälfte heimliche Beziehungen hat. Da kommen schnell mal ein paar hundert heimliche Kinder zusammen … vielleicht sogar ein paar tausend.«

»Tja …« Thiel lehnte sich in seinem Sessel zurück und schloss die brennenden Augen. »Die dürfen ja noch nicht mal Präservative benutzen, wenn sie Aids haben …« Er stieß ein bellendes Lachen aus. »Alle sagen ›Vater‹ zum Priester. Nur die eigenen Kinder, die sagen ›Onkel‹ …«

»Und nur eines dieser Kinder genügt, um Herrn Thiel vorzuführen!« Während seines letzten Satzes hatte Staatsanwältin Klemm sein Büro betreten. Weder ihre Miene noch ihr sarkastischer Ton verhießen Gutes. »Meinen herzlichen Glückwunsch! Wissen Sie, was Ihr Problem ist, Thiel? Sie haben ein zu weiches Herz!«

Als in diesem Moment sein Handy klingelte, war Thiel sich nicht sicher, ob er sich ärgern oder freuen sollte. In gebückter Schutzhaltung nahm er das Gespräch an.

Es war sein Vater.

»Vaddern, ist grade *ganz* ungünstig, ich …«, flüsterte er, um dann aufgeschreckt hochzufahren. »*Was?* Wo? Ich bin gleich da!«

Er steckte das Handy ein und ging eilig zur Tür. »Tut mir leid, wir haben das Taxi gefunden! Sie halten die Stellung, ja?«

Mit diesen Worten war er aus dem Büro und ließ die

Staatsanwältin mitsamt ihrem nur halb komplettierten Anschiss hinter sich zurück.

***

Auch Hans Wolffs Augen tränten, aber es war nur zum kleineren Teil Dorotheas Reizgas geschuldet. Er ging ohne Blick durch die Gänge des Seminars. Schwester Agathe sah ihm misstrauisch nach, als er grußlos an ihr vorbeilief. Er bemerkte es nicht, und wenn er es bemerkt hätte, wäre es ihm egal gewesen.

Erst auf der Straße hielt er inne. Die feuchte Luft war unangenehm kühl, und doch lockerte sie den eisernen Ring, der seine Brust zu umklammern schien, wenigstens ein bisschen. Er atmete tief, schnäuzte sich und tupfte sich die Tränen aus den Augen.

»Herr Wolff!«, rief plötzlich hinter ihm eine bekannte Stimme.

»Steffen …« Wolff wandte sich um.

Der Junge kam in Begleitung zweier anderer Jugendlicher vom Michaelisplatz her auf ihn zu. Alle drei trugen Instrumentenkoffer, Geige, Cello, Gitarre. Die beiden anderen grüßten Wolff höflich und verschwanden dann im Seminargebäude. Steffen trat zu ihm und sah ihn an, aufmerksam und besorgt.

»Alles in Ordnung?«, fragte er leise.

Wolff nickte und verzog das Gesicht zu einem Lachen, aber er merkte, dass er den Jungen nicht belügen konnte.

»Die Welt ist verrückt. Die Menschen, die sind auch verrückt …«, murmelte er und legte den Arm um Steffens Schulter.

»Hab ich was falsch gemacht?«, fragte Steffen.

Nun lachte Wolff tatsächlich. »*Ich* hab was falsch gemacht …«, sagte er bitter. »Ich muss jetzt noch mal weg.«

»Aber das Vorspielen …« Steffen sah ihn hilflos an.

Wolff fuhr ihm zärtlich durch die Haare. »Ich komme zurück«, sagte er. »Sobald ich kann. Dann wird alles gut.«

Er ließ den Jungen stehen und ging über den Domplatz davon.

***

Das Waldstück lag hinter der A 1 an der Landstraße nach Havixbeck.

»Moin … Moin …« Thiel grüßte eilig die Uniformierten und drängte sich an den Einsatzfahrzeugen und Streifenwagen vorbei, die den Waldweg blockierten. Boerne und Silke Haller waren bereits da und untersuchten das Taxi, das mit eingedrücktem Kühler an einem Baum stand, gut dreißig Meter vom Weg entfernt, kaum sichtbar hinter einem Gebüsch.

Kein Wunder, dass sie es so lange nicht gefunden hatten, dachte Thiel. Bei dem Wetter der letzten Tage dürften hier kaum Spaziergänger gewesen sein.

»Moin, Vaddern«, sagte er. Sein alter Herr stand auf Thiels Fahrrad gestützt mitten auf dem Weg. Seine Miene war finster.

»Besten Dank für den Tipp«, sagte Thiel.

»Das war ein Kollege«, sagte sein Vater. »Der hat den Wagen von der Straße aus gesehen.« Er zeigte in Richtung Waldrand, wo in fast hundert Metern Entfernung die Landstraße entlanglief. Der Kollege musste verdammt scharfe Augen haben.

»Wann krieg ich den Wagen denn wieder?«, fragte Herbert.

»Das kann ich nicht entscheiden. Das musst du den Professor fragen«, sagte Thiel.

»Ausgerechnet …«, knurrte sein Vater.

Haller ging um den Wagen herum und schoss Fotos. Immer wieder blitzte ihr Apparat auf. Boerne, den Armgips in seinem weißen Kunststoffoverall versteckt, kam auf Thiel zu. Thiel fragte sich, wie er es geschafft hatte, sich in den weißen Anzug zu zwängen. Wahrscheinlich hatte ihm die bedauernswerte Silke Haller helfen müssen.

»Nach erstem Augenschein beziffere ich die Wahrscheinlichkeit, dass es sich hier um das Tatfahrzeug handelt, auf fünfundachtzig Prozent«, sagte Boerne.

»Hauptsache, ich kann wieder fahren«, sagte Herbert grantig.

»Ich befürchte, da muss ich Sie enttäuschen«, sagte Boerne. »Aus Sicht der Spurensicherung ist so ein Fahrzeug die Hölle. Es ist ein *Taxi.* Hunderttausende von Fahrgästen, Millionen und Abermillionen von Faserspuren – das dauert *ewig*, bis die sichergestellt sind. Ich *liebe* diese Arbeit …« – Haller hinter ihm drehte die Augen gen Himmel – »… und ich freue mich auf sie. Aber nicht heute. *Heute* muss ich zu einem Geigenkonzert.«

Thiel glotzte ihn ungläubig an. »Nee, Boerne. Nee! Ich brauch jetzt jede Spur, die Dorothea Lenz überführt oder mich zu ihr führen könnte.«

»Das Mädel ist doch schon über alle Berge«, sagte Boerne in mitleidigem Ton. »Mühlenberg ist tot, ihr eigener Vater ist 'ne Flasche – und den wichtigsten Mensch in ihrem Leben bedeckt längst der kühle Rasen …«

Thiel stutzte. … *bedeckt längst der kühle Rasen.* Etwas klickte in seinem Gehirn. Er zog sein Handy heraus und ging zurück zu den Polizeiwagen. Den Professor ließ er ebenso stehen wie seinen Vater, der wütend »Was ist denn jetzt mit meinem Taxi?« hinter ihm herbrüllte.

»Nadeshda«, sagte Thiel, als sie sich meldete. »Finden Sie schnellstens heraus, wo Hanna Lenz beerdigt liegt.«

ACHT

Dorothea kniete auf dem Randstein des Grabes. Es lag in der östlichen Hälfte des Zentralfriedhofs, nicht weit vom Eingang an der Himmelreichallee entfernt und ganz nah am bunt geschmückten Grab von Albert Wenz, dem Mann mit den vielen Plänen.

Sorgfältig tauschte Dorothea den verblühten Strauß roter Tulpen in der grünen Steckvase gegen einen frischen aus.

»Ich hab nicht viel Zeit, Mama«, sagte sie mit einem entschuldigenden Blick auf das Foto ihrer Mutter, das in einem runden Rahmen auf dem schlichten graubraunen Grabstein angebracht war.

»Hanna Lenz, * 23.11.1961, † 3.2.2009«, stand in Bronzelettern auf dem Stein. Dorothea strich sich eine Strähne ihres regenfeuchten Haares aus dem Gesicht. Der Atem dampfte vor ihrem Mund.

»Ich muss für eine Weile weg«, sagte sie leise, zog eine rote Grabkerze aus der Tasche ihres Parkas, entzündete sie und stellte sie in die Grablampe.

»Aber die haben mich bald vergessen. Und dann komm ich wieder. Versprochen.« Sie zog die Nase hoch. »Du fehlst mir so …«

Sie griff ihre vollgestopfte Reisetasche und stand langsam auf. Nach einem letzten langen Blick auf das Grab ging sie davon, die Tasche über der Schulter, in der Hand die verblühten Blumen. Sie warf den Strauß gerade in einen der Kompostkörbe, als eine Bewegung vor ihr sie aufsehen ließ.

Die junge blonde Polizistin war plötzlich aufgetaucht, die mit dem russischen Namen. Ein Polizist in Uniform war bei ihr, direkt vor ihr auf dem Weg. Erschrocken wandte sie sich in die andere Richtung, aber von dort kam Hauptkommissar Thiel herangeschnauft, auch er in Begleitung eines weiteren Polizisten.

Suchend sah sie sich nach einem Fluchtweg um. Ein paar Meter weiter war Platz zwischen zwei Gräbern, dort konnte sie den nächsten Weg erreichen, und vielleicht kam sie bis zum Ausgang, und dann …

Nein. Sie wusste, dass sie es nicht schaffen würde. Müde senkte sie den Kopf und blieb stehen, wo sie war. Kraftlos sanken ihre Schultern nach unten, als Thiel auf sie zukam.

***

Die Jalousien des Besprechungsraums waren halb geschlossen. Thiel überlegte, ob er sie aufziehen sollte, aber letztlich war ihm das Licht der Deckenlampen lieber als das trübe Grau draußen, das eher Novembergefühle vermittelte, als den nahenden Mai anzukündigen.

Dorothea saß steif und hoch aufgerichtet am Kopfende des Tisches. Thiel saß ihr gegenüber und sah sie an. Er war sich nicht sicher, was er von ihr halten und vor allem was er ihr zutrauen sollte. In ihren Augen meinte er ein kaltes Glimmen zu entdecken, das im Widerspruch zu den weichen Zügen ihres runden, noch mädchenhaften Gesichtes stand.

Ächzend lehnte Thiel sich zurück. Immerhin war sie nicht geflohen. Von Verfolgungsjagden auf Friedhöfen hatte er die Nase voll, seit er und Boerne damals zu Fuß diesen Grufti gejagt hatten. Am Ende war der

Bursche ihnen entwischt, und Boerne war in einem frisch ausgehobenen Grab gelandet.

Neben ihm am ovalen Tisch des Besprechungsraums saß Staatsanwältin Klemm. Sie hatte die Akte über den Selbstmord von Dorotheas Mutter vor sich liegen und las gerade die Kopie des Abschiedsbriefes, den Hanna Lenz ihrer Tochter hinterlassen hatte.

»In Liebe, deine Mama«, brummte Klemm in ihrem Raucherinnen-Bass und sah Dorothea Lenz forschend an. »Ihre Mutter war kein sehr glücklicher Mensch …«

»Früher schon, glaub ich«, sagte Dorothea trotzig. »Bevor *ich* aufgetaucht bin.«

»Nein.« Klemm schüttelte protestierend ihre dunkle Lockenmähne. »Sie schreibt: ›Du warst das Wichtigste in meinem Leben …‹ Für ihr Unglück hat sie Mühlenberg verantwortlich gemacht. Und Wolff. Ihren Vater.«

Dorothea zog die Nase hoch. »Stimmt ja auch«, sagte sie. »Die reden von Jesus und von Nächstenliebe und selber …«

Klemm unterbrach sie. »Und trotzdem haben Sie nach dem Tod Ihrer Mutter diese Stelle im Seminar angenommen«, stellte sie fest.

Dorothea zuckte die Achseln und sah betreten zur Seite, als sei ihr das selbst nicht erklärlich.

»Ich wollte wissen, ob mein Vater wirklich so schlimm ist«, sagte sie dann. »Eigentlich müsste ich ihn ja hassen – aber irgendwie hatte ich doch auch nur noch ihn.«

Thiel nickte verstehend. »Mühlenberg zu hassen war einfacher«, sagte er.

Dorothea schwieg.

Thiel hielt ihr den Plastikbeutel unter die Nase, in

dem sich die Kette mit der goldenen Taube befand. »*Sie* haben Ludwig Mühlenberg auf dem Friedhof angegriff–«

»Bitte«, Dorothea fiel ihm ins Wort, »kann ich das wiederhaben?« Sie streckte fordernd die Hand nach dem Tütchen aus.

Thiel sah sie fragend an.

»Die Taube ist mir im Seminar aus der Bluse gerutscht«, sagte Dorothea. »Gerade als Mühlenberg mir die Kommunion gab. Ich dachte erst, vielleicht hat er es nicht bemerkt. Oder er kann sich nicht mehr daran erinnern. Aber als ich abends zu Mamas Grab bin, da stand er plötzlich hinter mir ...«

Klemm sah sie ungläubig an. »Mühlenberg ist *Ihnen* auf den Friedhof gefolgt?«

Dorothea nickte, aber sie sah sie an mit einem Blick, als verstehe sie das alles selbst nicht. »Als er Mamas Foto auf dem Grab gesehen hat, hat er sofort losgegiftet: ›Ich hab's *gewusst*! *Du* bist Ihre Tochter. Und Wolff ist dein Vater!‹ ... Und ich dumme Kuh hab gesagt: ›Ja ...‹ Und wissen Sie, was er da gesagt hat?«

Weder Thiel noch Klemm erwiderten etwas. Stumm saßen sie am Tisch und warteten, dass sie fortfuhr. Dorothea starrte die Tischplatte an.

»›Haben sie dich also doch nicht abgetrieben, du Tempelräuber‹«, sagte sie.

»Tempelräuber ...?«, fragte Thiel verständnislos.

»Weil die Priesterkinder der Kirche die Priester rauben und ...« Klemm hatte in belehrendem Ton zu dozieren begonnen, brach den Satz dann aber mit einem erschrockenen Blick auf Dorothea ab. Doch Dorothea schien ihn gar nicht gehört zu haben.

»Wolff wusste doch gar nicht, dass Sie seine Tochter

sind«, wandte Thiel ein. Die Miene, mit der er Dorothea ansah, war unverändert misstrauisch.

»Nein«, antwortete sie, und plötzlich begann es aus ihr herauszusprudeln. »Aber das hat Mühlenberg ja nicht kapiert. Der dachte, Wolff wüsste ganz genau, wer ich bin, weil er mich ja eingestellt hatte. Mühlenberg dachte, wir spielen da heimlich Familie. Und ich hab versucht, ihm das alles zu erklären, aber er hat mir nicht zugehört. ›Dein sauberer Herr Vater! Der war die längste Zeit Priester!‹ ... Und da bin ich ausgerastet ... Ich bin ihm hinterher, hab ihn festgehalten ... und geschubst ...«

»Und auf ihn eingetreten«, ergänzte Thiel scharf.

»Ja ...«

»Und Sie haben gedroht, ihn umzubringen.«

»Ja«, sagte sie kleinlaut. »Das kann sein. Ich war wütend ...«

Sie senkte den Kopf. Eine ganze Weile sagte niemand im Raum etwas, bis Klemm das Schweigen brach.

»Dorothea – haben Sie Ludwig Mühlenberg an dem Abend getötet?«

Ganz sanft nur schüttelte sie den Kopf, den Blick immer noch gesenkt.

»Am nächsten Tag bin ich ins Seminar«, sagte sie. »Weil ich mit meinem Vater über alles sprechen wollte.« Nun sah sie Thiel an, und in ihren Mundwinkeln erschien ein kleines Lächeln. »Und dann sagen *Sie* mir, dass Mühlenberg tot ist ... Da hab ich gedacht: Vielleicht gibt's ihn ja doch, den lieben Gott.«

***

Professor Boerne stand mit so weit wie möglich gehobenen Armen und angestrengter Duldermiene auf dem

Waldweg, während sich zwei Kollegen von der Spurensicherung mühten, ihn aus seinem Plastikoverall zu befreien. Die beiden Männer schafften es kaum, ein Feixen zu unterdrücken. Der ganze Vorgang war in gleich hohem Maße unangenehm, peinlich und lächerlich. Boerne konzentrierte sich deshalb ganz darauf, einen Rest seiner Würde zu wahren – einen kleinen zumindest. Daher empfand er es als äußerst unpassend, als Alberich, die immer noch an dem Taxi arbeitete, nach ihm rief.

»Herr Professor? Ich glaube, es ist wichtig …«

»Alberich, bitte!«, antwortete Boerne ärgerlich. »Ich werde bei einem Violinenkonzert erwartet.«

Zu seiner grenzenlosen Erleichterung waren die beiden Kollegen endlich abschließend erfolgreich mit ihren Befreiungsbemühungen. Boerne drehte sich zu Alberich um.

»Ich muss jetzt los«, sagte er streng.

Alberich sah ihn sanft lächelnd an und wies mit dem Kopf in die offene Fahrertür. »Jetzt kommen Sie schon«, sagte sie.

Mit einem ärgerlichen Schnauben gehorchte Boerne und stapfte zu dem Wagen. Alberich war auf den Fahrersitz geklettert. Ihre Nase reichte gerade an den oberen Rand des Lenkrads.

»Riechen Sie mal«, sagte sie.

»Riechen?« Irritiert beugte Boerne sich in den Wagen und roch an Alberichs Wange.

»Nicht an mir!« Gereizt drückte sie seinen Kopf beiseite. »Hier! Am Lenkrad!«

Boerne tat wie ihm geheißen, und seine Augenbrauen schoben sich nach oben.

»Riechen Sie das?«, fragte Alberich. »Was ist das? Klebstoff? Honig? Holz?«

»Alberich, Sie hatten recht«, sagte Boerne. »Es *ist* wichtig.«

***

Thiel drückte auf den Freisprechknopf seines Bürotelefons. Dorothea saß nebenan im Besprechungsraum. Boerne hatte seinen Anruf so wichtig gemacht, dass sie die Einvernahme unterbrochen hatten.

»Kolophonium«, quakte Boernes Stimme aus dem Lautsprecher.

Klemm sah Thiel fragend an, der zuckte die Achseln.

»Was ist das?«, fragte er.

»Kolo…« Boerne brach fassungslos ab. »Sie wissen nicht, was Kolophonium ist?«

»Nein«, antwortete Thiel und rieb sich entnervt die Stirn.

»Ich auch nicht«, sagte Klemm.

»Nun ja.« Boerne klang zufrieden. Er trug immer gerne etwas zur Allgemeinbildung der nordrhein-westfälischen Strafverfolger bei. »Kolophonium ist ein behandeltes Baumharz, das seinen Namen der lydischen Stadt Kolophon verdankt, wo es in der Antike hergestellt wurde. Es gibt verschiedene Anwendungen dafür, unter anderem werden damit Geigenbögen behandelt.«

»Geigenbögen …?« Klemms Blick war so fragend wie zuvor.

»Damit ein Bogen eine Saite überhaupt zum Schwingen bringen kann, muss man ihn regelmäßig mit Kolophonium behandeln.«

»Und das hatte der Täter an den Händen?«, fragte Thiel.

»Ja. Aber nicht irgendein Kolophonium«, dozierte

Boerne. »Kolophonium gibt es, wie wahrscheinlich so ziemlich alles auf dieser Welt, in unterschiedlichen Qualitäten. Hier handelt es sich um eine Schweizer Spezialmischung nach Doktor Rütli. Das beste Kolophonium auf Gottes weiter Erde.«

»Und das haben Sie mal eben so rausgefunden?«, fragte Thiel.

»Manchmal muss man sich einfach auf seine Nase verlassen«, sagte Boerne, als erkläre das irgendwas. »Die Rütli-Spezialmischung ist ... Augenblick ... Alberich! So halten Sie doch gefälligst das Telefon grade ... wo war ich?«

»Rütli-Spezialmischung«, sagte Thiel.

»Genau. Ist extrem teuer – und extrem selten. Sie finden in Münster vielleicht eine Handvoll Leute, die das benutzen. Ich persönlich kenne drei. Einer davon bin ich. Einer ist Steffen.«

»Steffen?« Thiel runzelte die Stirn.

Klemm rammte die Fäuste in die Hüften. »*Wer* bitte ist *Steffen*?«, raunzte sie.

Thiel hielt die Sprechmuschel zu. »Der Sohn von seiner Haushälterin ... Und wer ist der Dritte?«, fragte er, nun wieder in den Hörer.

Boerne brauchte etwas mit der Antwort. »Alberich! Nun *passen* Sie doch auf!« Es hörte sich an, als ringe er mit Haller um das Telefon. »Der andere ist sein Geigenlehrer«, sagte er endlich, »dieser ... dieser ...«

»Wolff?«, fragte Thiel und setzte sich auf. »Hans Wolff?«

»Ja, genau. Das hat Steffen mir zumindest gesagt. Ich hoffe, Sie kommen jetzt allein klar. Alberich, machen Sie die Autotür zu – ich muss jetzt ganz schnell los. Zu einem Geigenkonzert.«

»Viel Spaß dabei«, sagte Thiel. Er legte auf und

sprang aus seinem Stuhl. Wütend stapfte er nach nebenan. Die Tür des Besprechungsraums stieß er so heftig auf, dass sie hinten gegen die Wand knallte. Der Wachbeamte, der neben der Tür saß, schaute ihn entgeistert an.

»So!«, schnauzte Thiel. »Nach dem Streit mit Mühlenberg auf dem Friedhof – haben Sie da mit Ihrem Vater telefoniert?«

Dorothea sah betreten zur Seite. Aber auch wenn sie nichts sagte, ihre Miene sprach Bände. Thiel griff nach ihrer Reisetasche, die sie auf dem Stuhl neben sich abgestellt hatte.

»Wie Sie wollen«, sagte er. »Ich krieg es sowieso raus.«

Er stellte die Tasche auf den Tisch, zerrte grob den Reißverschluss auf und kippte den Inhalt auf die Tischplatte. Dann wühlte er in den Sachen herum, bis er Dorotheas Handy gefunden hatte. Er rief die zuletzt gewählten Nummern auf und hielt ihr das Display unter die Nase.

Dorothea schlang die Arme um den Oberkörper und sah schuldbewusst zu Boden.

»Ich hab ihm nur auf den AB gesprochen«, sagte sie leise. »Und ich hatte ein Tuch über den Hörer gelegt.«

»Was haben Sie ihm gesagt?«, fragte Thiel laut. »Dass Sie seine Tochter sind? Dass Mühlenberg alles weiß?«

Sie schüttelte den Kopf. »Nein, das hab ich mich nicht getraut.«

»Ja, was dann? *Was* haben Sie ihm gesagt?« Thiel näherte sich ihr mit drohender Miene.

»Das weiß ich nicht mehr genau«, jammerte Dorothea. »Dass Mühlenberg weiß, dass er ein Kind hat … dass er total sauer ist … mit dem Bischof reden will …«

Thiel lief dunkelrot an. »Und dann haben Sie sich nie gefragt, ob Ihr Vater vielleicht aufgrund dieser Nachricht Mühlenberg umgebracht haben könnte?«, schrie er.

Dorothea schrie zurück. »Ich *wollte* ihn ja fragen! Aber *wie* denn? ›Hallo, Papa, ich bin deine Tochter, hast du zufällig Mühlenberg totgefahren?‹«

Thiel starrte sie an und konzentrierte sich darauf, die Fassung wiederzugewinnen. Schließlich warf er das Handy auf den Haufen Klamotten, die neben der Tasche auf dem Tisch lagen, und ging ohne ein weiteres Wort aus dem Zimmer.

NEUN

Boerne drückte mit der Kinnspitze auf den Klingelknopf im ersten Stock des Hauses in der Magdalenenstraße. Es dauerte einen Moment, bis Karin Ellinghaus öffnete.

»Entschuldigen Sie bitte die Verspätung, aber –« Boerne sah sie mit schräg gelegtem Kopf prüfend an. Ihre Augen waren rot und von dunklen Schatten umgeben. Er hatte den Eindruck, dass sie zitterte. Auf den ersten Blick ein klarer Fall von Grippe.

»Geht's Ihnen nicht gut?«, fragte er mit besorgter Miene. Was er jetzt auf keinen Fall gebrauchen konnte, war eine kranke Krankenpflegerin.

Sie versuchte ein Lächeln und schüttelte abwehrend den Kopf, aber offenbar war sie nicht in der Lage, ein Schauspiel durchzuhalten.

»Nein«, sagte sie. »Nicht so sehr.«

Unten wurde die Haustür aufgestoßen, und schwere Schritte polterten die Treppe zum Hochparterre herauf. Dann begann ein ausdauerndes Türklingeln in der Erdgeschosswohnung. Karin biss sich auf die Unterlippe und wandte sich wieder Boerne zu, fahrig allerdings und unkonzentriert.

»Was gibt es denn?«, fragte sie ihn.

Boerne zog erstaunt die Augenbrauen hoch. »Steffens Vorspiel!«, sagte er.

Das Klingeln im Erdgeschoss hörte auf, dafür dröhnte eine Boerne wohlbekannte Stimme durchs Treppenhaus.

»Herr Wolff, wir wissen, dass Sie da sind«, brüllte

Hauptkommissar Thiel. »Machen Sie die Tür auf! … Herr Wolff, öffnen Sie die Tür! Hier spricht die Polizei.«

Karin Ellinghaus traten die Tränen in die Augen. Boerne nickte ihr beruhigend zu. Was immer es war, was Thiel hierhertrieb, er würde für ein wenig mehr Dezenz sorgen. Boerne lief die halbe Treppe hinunter und blieb auf dem Absatz stehen.

»Herr Thiel?«, sagte er.

Thiel sah irritiert nach oben. »Was machen Sie denn hier?«, fragte er. Neben ihm standen drei uniformierte Beamte im Treppenhaus.

»Das wollte ich *Sie* auch gerade fragen«, antwortete Boerne indigniert. Thiel schien sich allerdings nicht allzu sehr für ihn zu interessieren.

»Hol mal die Brechstange aus dem Auto«, sagte er zu einem der Uniformierten.

Der Mann lief sofort die Treppe hinunter, und Thiel wandte sich wieder der Wohnungstür zu. »Herr Wolff!«, brüllte er. »Wenn Sie die Tür nicht aufmachen, müssen wir sie aufbrechen.«

Karin Ellinghaus kam mit unsicheren Schritten aus dem ersten Stock herunter und blieb neben Boerne auf dem Treppenabsatz stehen.

»Frau Ellinghaus, gehen Sie bitte zurück in Ihre Wohnung«, sagte Thiel, als er sie entdeckte. »Das ist ein Polizeieinsatz.«

Der Beamte kam wieder zur Haustür herein, er trug einen Alukoffer und eine Brechstange in den Händen. Er stellte den Koffer ab und setzte die Brechstange am Schloss der Wohnungstür an.

»Moment bitte«, sagte Karin Ellinghaus.

Der Mann mit der Brechstange hielt inne und sah sie

fragend an. Auch Thiel sah zu ihr hoch, sichtlich verärgert über die Unterbrechung.

»*Was?*«, fragte er scharf.

Karin Ellinghaus antwortete nicht. »Hans«, rief sie stattdessen in Richtung ihrer offenen Wohnungstür. »Kommst du mal?«

Boerne sah Thiel an. In dessen Kopf arbeitete es offenbar heftig.

»Hans, bitte …«, rief Karin flehend, als sich im ersten Stock nichts rührte. Endlich erschien Pastor Wolff in der Tür.

Thiel ging mit entschlossenen Schritten die Treppe hinauf und zog dabei seine Handschellen aus der Jackentasche.

»Herr Wolff«, sagte er. »Ich muss Sie leider festnehmen. Gegen Sie liegt ein Haftbefehl wegen Mordverdachts vor.«

Wolff stand steif vor der Ellinghaus'schen Wohnungstür und sah ihn verständnislos an. »Herr Thiel, das ist doch absurd …«, sagte er.

»Sie können gerne Ihren Anwalt kontaktieren«, sagte Thiel und klappte die Handschellen auf.

»Ich möchte eine Aussage machen«, sagte plötzlich Karin Ellinghaus, die immer noch neben Boerne auf halber Treppe stand.

Thiel drehte sich erstaunt zu ihr um.

»Frau Ellinghaus, bitte …«, sagte Wolff eindringlich.

»Ich bin nicht Frau Ellinghaus!«, rief sie. »Ich bin Karin!« Mit weit aufgerissenen Augen starrte sie ihn an. »Ich bin Karin, und ich möchte eine Aussage machen.«

Wolff machte eine beschwichtigende Geste. »Karin, ich habe nichts getan, ich habe nichts zu befürchten«, sagte er. »Sie müssen jetzt nichts sagen.«

»Hör auf, Hans! Hör doch auf, mich zu siezen!«, schrie sie ihn an. Tränen liefen über ihre Wangen. »Siehst du nicht, was hier passiert? Schluss, Ende, aus! Ich mache eine Aussage.«

***

Wolff hatte sich auf Thiels Anweisung hin an den Küchentisch gesetzt. Einer der Beamten blieb bei ihm. Thiel und Boerne saßen im Wohnzimmer, gemeinsam mit Karin Ellinghaus. Sie hatten ihr die Zeit gegeben, die sie brauchte, um ihre Fassung wiederzugewinnen. Nun saß sie beherrscht und aufrecht auf ihrem Stuhl. Sie sprach, ohne einen von ihnen anzusehen, ihr Blick fixierte irgendeinen Punkt an der Wand gegenüber.

»An dem Tag … an dem Abend, an dem Ludwig Mühlenberg zu Tode kam – da war Hans nicht in Münster«, sagte sie. »Er war in Holland.«

Thiel und Boerne tauschten einen Blick.

»Gibt es dafür Zeugen?«, fragte Thiel.

»Wir sind dort einmal im Monat. Eine Selbsthilfegruppe. Für Menschen wie mich und Hans. Die sich nur heimlich lieben dürfen. Für katholische Priester und ihre Lebensgefährtinnen.«

Thiel sah sie forschend an, aber sie vermied weiter, ihnen in die Augen zu sehen. Sie sprach konzentriert und langsam, mit langen Pausen.

»Wir sind seit sechzehn Jahren ein Paar«, sagte sie.

Auf ihrem Gesicht zeichnete sich die Erschöpfung ab, die diese lange Zeit der Lügen und des Leugnens hinterlassen hatte.

»Sechzehn Jahre Versteckspiel … Heimlich über den Flur schleichen, damit kein Nachbar sieht, dass du einen Priester liebst. Dass du einen liebst, der dich nicht lieben darf. Weil die Kirche es ihm verbietet.«

Voller Resignation schüttelte sie den Kopf.

»Weil er sonst seinen Beruf verliert …« Sie korrigierte sich: »Seine *Berufung* … seine Existenz …«

Thiel versuchte sich vorzustellen, was das bedeutete. Ein Mann und eine Frau, die zusammenlebten, ohne das Recht dazu zu haben. Zwei Menschenleben, die auf Lügen basierten. Ein erwachsener Mann, angeblich verantwortlich für das Seelenheil anderer, schlich über endlose Jahre durch das Treppenhaus wie ein Dieb, nur um zu der Frau zu gelangen, die ihn liebte. Ängstlich auf Schritte oder sich öffnende Türen horchend, voller Furcht vor lauschenden Hausgenossen oder verräterischen Unachtsamkeiten.

Thiel schluckte; er hatte das Gefühl, als würde ihm schlecht.

»Sechzehn Jahre …«, murmelte er.

Plötzlich sah er auf. Im Regal neben ihm stand ein in Silber gerahmtes Farbfoto von Steffen, auf dem er vielleicht acht Jahre alt war. Er saß auf einem Fußball und sah melancholisch, fast düster in die Kamera.

Thiel wies auf das Bild. »Heißt das, dass Steffen …?«, fragte er zögernd.

»Unser gemeinsamer Sohn. Hans ist sein Vater.«

Karin Ellinghaus zuckte die Achseln, als sei das das Selbstverständlichste der Welt.

Und das ist es ja auch, dachte Thiel.

»Als Karin schwanger wurde – da war ich einfach nur … glücklich.«

Nun war es Wolff, der mit Thiel und Boerne am Wohnzimmertisch saß, während die Mutter seines Sohnes, seines zweiten Kindes, allein mit dem Uniformierten in der Küche saß. Durch die offenen Türen hörte Boerne, wie sie sich die Nase putzte.

Thiel starrte an Wolff vorbei, als könne er dessen Anblick nicht ertragen, und Boerne merkte, dass bei ihm selbst die Schlagader in der Schläfe pochte. Am liebsten hätte er Wolff das priesterliche Lächeln aus dem Gesicht gewischt. Es begann, ihn anzuwidern. Es schien auf Wolffs Gesicht festbetoniert. Der Mann hockte versteckt hinter dieser Maske der Seelsorge.

»Verstehen Sie mich nicht falsch, ich bin gerne Priester«, sagte Wolff salbungsvoll. »Es bedeutet mir sehr, sehr viel. Aber ich bin eben auch Vater.«

Thiel grinste höhnisch und sah aus dem Fenster.

»Das heißt, ich versuche es ...«, sagte Wolff.

»Mein Eindruck ist, dass von Ihren Bemühungen bei Ihrem Sohn nicht allzu viel ankommt«, sagte Boerne beißend.

Wolff wandte den Blick ab und lächelte die Zimmerdecke an. Eine Weile schwieg er, dann hob er die Hände, als wolle er ihnen eine Predigt halten.

»Versuchen Sie mal, für einen Jungen Vater zu sein, wenn er auf der Straße nicht mal Ihre Hand nehmen darf«, sagte er. »Wenn Sie in getrennten Autos in Urlaub fahren. Wenn Sie die Vorhänge zuziehen, weil Sie zusammen ›Monopoly‹ spielen. Weil er *Sie* sagt, wenn andere Leute da sind. Weil Sie sein Geigenlehrer sind, nur um ein paar gemeinsame Stunden zu haben. Und wenn Sie ihm immer wieder einschärfen müssen: Es darf keiner wissen ... darf keiner wissen! *Es darf keiner wissen!*«

Nun verschwand das Lächeln aus Wolffs Gesicht, und sein Ausdruck kippte um in greinendes Selbstmitleid, was Boerne noch erheblich weniger sympathisch fand.

Thiel starrte weiter an Wolff vorbei. Boernes Blick fiel auf das Foto von Steffen. Wie gut verstand er den finsteren Ausdruck, mit dem der kleine Junge in die Welt und auf sein Leben starrte. Wolff ruinierte Leben für das, was er *Berufung* nannte. Wolffs eigenes – was Boerne von Herzen egal war –, aber vor allem ruinierte er die Leben zweier Frauen – und zweier Kinder.

***

Steffen saß auf einem Stuhl im Gang vor der Aula. Durch die geschlossene Tür drang leise eine Cello-Sonate. Sie würde bald zu Ende sein. Dann war er dran. Er war der Letzte, der heute vorspielen sollte. Mit gesenktem Kopf starrte er auf den Geigenkoffer auf seinen Knien.

Die Kurtzendörffer. Sie hatte ihm Hoffnung gegeben. Hoffnung, heute gewinnen zu können. Ein Stipendium. Oder vielleicht wenigstens ein bisschen Aufmerksamkeit. Bei denen, die etwas davon verstanden. Oder den Stolz seines Vaters zu wecken – zumindest.

Aber er saß allein hier. Sein Vater war nicht gekommen. Sein Vater, sein Geigenlehrer. Seine Mutter auch nicht. Und auch der Professor ließ ihn im Stich. Es hätte ihm etwas bedeutet, wenn er gekommen wäre. Er hatte daran geglaubt. Daran, dass sich der Professor für ihn interessierte. Für ihn und sein Spiel. Immerhin hatte er ihm die Kurtzendörffer überlassen. Aber die wollte er ja sowieso loswerden. Boerne machte nur Versprechungen. Genau wie sein Vater.

Ich komme zurück, sobald ich kann. Dann wird alles gut.

Das waren seine Worte gewesen. Dann war er davongerannt und hatte ihn allein in das düstere Gebäude gehen lassen. Allein mit seiner Angst.

Die Zeit wollte nicht vergehen. Immer noch spielte das Cello hinter der Tür.

Steffen sah seine Finger an und ballte sie zu Fäusten. Er schluckte. Er fühlte keine Kraft in den Händen. Es war, als würden Nervosität und Angst vor dem Vorspiel alle Kraft und alle Beweglichkeit aus seinen Gliedern ziehen. Drinnen beendete das Cello seine Kadenz und endete im Schlussakkord. Er hörte schütteren Applaus. Es war so weit.

Gleich würde die Tür aufgehen, und die Vorsitzende der Jury würde ihn mit einem strengen Lächeln auffordern, in den Saal zu kommen. Und dann würde er auf der Bühne stehen, und er würde seine Finger nicht bewegen können.

Noch einmal sah er den Gang hinunter, aber niemand kam, sein Vater nicht, seine Mutter nicht und nicht der Professor.

Die Tür der Aula öffnete sich. Er schloss die Augen.

»Steffen«, sagte die Frau. »Kommst du bitte …?«

***

Thiel hatte Karin Ellinghaus aus der Küche geholt, nun saß sie ihnen gemeinsam mit Wolff gegenüber. Sie wirkte noch gefasster als zuvor. Wolffs leidendes Seelsorgerlächeln war wieder unerschütterlich in seinen Mundwinkeln verschraubt. Thiel versuchte, nicht darauf zu achten.

»Wir haben ja die ganze Zeit gewartet und gehofft«, sagte Karin Ellinghaus. »Dass vielleicht doch der Zölibat fällt …«

Wolff sah sie an und nickte stumm zu ihren Worten.

Thiel wunderte sich. Er hatte immer gedacht, es hieße *das* Zölibat.

»Vor allem wegen Steffen«, fuhr sie fort. »Als er in die Schule kam, haben wir es ihm gesagt. Er sollte wissen, wer sein Vater ist. Obwohl es dann auch *sein* Geheimnis war.«

Sie sah Thiel geradeheraus an. Ihre Rede war sachlich. Sie erklärte, was geschehen war, ohne damit um Verständnis oder Verzeihung zu bitten. Thiel hatte Respekt vor der Frau. Mehr als vor Wolff. Erheblich mehr.

»Wir hoffen … wir haben einfach gehofft, dass es besser für ihn ist, so zu leben, wie wir es tun, als gar keine Familie zu haben. Auch wenn er niemanden zu uns einladen konnte, wenn er niemandem erzählen konnte, wer seine Eltern sind und …«

Thiel hatte eine Menge Verständnis für ihre Nöte und für die schlimme Situation ihres Sohnes. Aber deswegen war er nicht hier. Er war hier, weil er einen Mord aufzuklären hatte. Mitten im Satz unterbrach er sie.

»In der Nacht, in der Mühlenberg zu Tode kam, haben Sie einen Anruf von Ihrer Tochter erhalten«, sagte er zu Wolff.

Der schüttelte heftig den Kopf. »Da war kein Anruf«, sagte er.

Thiel ließ sich nicht beirren. »Dorothea hat auf Ihren Anrufbeantworter gesprochen«, sagte er mit erhobener Stimme. »Demnach *wussten* Sie, dass Mühlenberg davon ausgeht, dass Sie ein Kind haben. Und dass er zum Bischof gehen will!«

Wolff schüttelte weiter den Kopf. »Nein! Nein! Ich sage doch – da *war* kein Anruf!« Der Blick, mit dem er Thiel ansah, war verständnislos, aber ganz anders als der, mit dem er geleugnet hatte, Hanna Lenz' Goldtaube zu erkennen.

Thiel runzelte die Stirn.

»So eine Nachricht hätte ich doch nicht übersehen«, setzte Wolff noch hinzu.

»Oh mein Gott«, sagte Boerne plötzlich. Thiel sah ihn an und wunderte sich. Boernes Gesichtsausdruck war so ungewohnt, dass er ihn zuerst gar nicht einordnen konnte. Aber es war tatsächlich Unsicherheit.

»Was?«, fragte Thiel, als der Professor nicht weitersprach.

»War Steffen mit in Holland?«, fragte Boerne und sah aus, als wäre es ihm unangenehm, das zu fragen.

»Nein«, sagte Karin Ellinghaus. »Er hasst diese Gruppentreffen. Außerdem wollte er üben.«

Wieder sah Boerne zu Thiel. »Dann wär es rein theoretisch doch möglich«, sagte er zögernd, »dass *Steffen* den Anruf gehört hat.«

Thiel blickte fragend zu Wolff, aber der lachte verneinend, genau wie seine Frau.

»Nein«, sagte Wolff, »da kann ich Sie wirklich beruhigen! Steffen kommt nie in meine Wohnung. Da haben wir immer sehr drauf geachtet.«

Karin Ellinghaus nickte zustimmend. »Das wäre ja viel zu riskant«, sagte sie.

»Er hat auch gar keinen Schlüssel«, sagte Wolff.

»So?« Boerne sah ihn über den Rand seiner Brille hinweg an. »Glauben Sie?«

***

Die Pianistin, die ihn begleiten würde, legte sich die Noten zurecht. Die Kurtzendörffer klemmte unter seinem Kinn. Er hatte sie gestimmt, den Bogen nachgespannt, nun stand er hier auf dem Podest. Noch einmal sah er hinunter in die Aula. Es waren nicht viele Menschen da. Eigentlich nur die Jury und die anderen Musikschüler mit ihren Begleitungen. Sein Blick ging zur Tür am Ende des Saales, aber sie öffnete sich nicht.

Dies war der wichtigste Moment für ihn, seit er Musik machte. Seit er Geige spielte. Das Geigenspiel war das Schönste, was er von seinem Vater bekommen hatte. Zuerst hatte er nur gespielt, um ihm nahe sein zu können, dem Mann, den es nicht geben durfte. Um ihm zu gefallen. Aber bald schon hatte die Musik zugepackt, und er hatte das Gefühl bekommen, etwas Besonderes zu tun, wenn er spielte – Teil von etwas Großem zu sein.

Und nun, in seinem großen Moment, war er so allein, wie ein Mensch nur sein konnte. Der Mann, den es nicht geben durfte, war nicht gekommen. Und auch sonst niemand.

Er hatte Angst. Immer noch fühlte er keine Kraft in den Fingern. Schlimmer noch, er konnte sich gar nicht vorstellen, sie zu bewegen. Er würde sie auf die Saiten legen, und dort würden sie reglos liegen bleiben, und der Himmel würde einstürzen.

Die Pianistin räusperte sich, sie war so weit. Er sah zu ihr hinüber, ihr Blick war auffordernd. Steffen schloss die Augen. Er griff das C auf der A-Saite, hob den Bogen und strich darüber.

Und als der erste Ton der Mozart-Sonate mit dem warmen, klaren Klang der Kurtzendörffer in den Raum stieg, war es, als fiele alles von ihm ab. Seine Finger gehorchten ihm, wie sie ihm immer gehorcht hatten. Natürlich taten sie das, sie hatten es doch immer getan. Fast hätte er über sich selbst gelacht, dass er an ihnen gezweifelt hatte. Er spielte, aber eigentlich hatte er gar nicht das Gefühl, zu spielen, beinahe war es, als höre er nur zu, so als spiele die Musik sich selbst und von ganz allein. Ein Gefühl erfasste ihn, das er nicht kannte, eines, das er noch nie gefühlt hatte. Er wusste, es gab einen Namen dafür. Er hatte davon gelesen.

Die Leute nannten es Glück.

Seine Finger flogen über die Saiten, und er sah ihnen dabei zu, amüsiert fast. Er bemerkte nicht den erstaunten Blick der Pianistin, die sich mühen musste, mit der Intensität seines Spiels mitzuhalten. Er sah nicht, wie die Jurymitglieder sich gegenseitig ungläubig ansahen. Und auch nicht, wie die Gesichter seiner Mitbewerber immer länger wurden.

Er war allein.

Er spielte.

Er war glücklich.

ZEHN

Thiel war aufgesprungen und stürmte zur Tür. Karin sah, wie Boerne versuchte, es ihm gleichzutun, aber er kam nur langsam von seinem Stuhl hoch.

»Thiel! So warten Sie doch!«, rief er.

»Was ist mit uns?«, fragte sie und hielt ihn fest. »Wir müssen zu unserem Sohn!«

Boerne sah erst sie an, dann Hans Wolff. Sie erkannte in seinem Blick, was er von ihm hielt. Von einem Vater, der gleich zwei Kinder der Kirche geopfert hatte.

»Bitte!«, flehte sie Boerne an.

»Na gut …« Er nickte ergeben. »Herr Wachtmeister, bringen Sie die Herrschaften bitte ins Seminar«, sagte er zu dem Polizisten, der immer noch in der Diele saß.

»Soll ich ihnen Handschellen anlegen?«, fragte der.

»Ach was«, sagte Boerne ärgerlich, dann lief er Thiel hinterher, so gut sein gehandicapter Körper das schaffte.

Hans Wolff wagte es nicht, Karin in die Augen zu sehen. Sie zog stumm ihren Mantel über, dann gingen sie hinter dem Polizisten her zu dem Streifenwagen, der vor der Tür stand. Hans hielt den Kopf gesenkt, als schäme er sich, und auf einmal hoffte sie, dass er es wirklich tat.

Als sie nach ihm in den Fond des Streifenwagens stieg, glitt ihr Blick an der Fassade des Hauses hoch, und sie sah hinter gleich drei Fenstern Gesichter, die auf sie herunterstarrten. Das waren die Menschen, die sie seit sechzehn Jahren angelogen hatten. Die nicht wissen durften, dass es diese Liebe gab, zwischen ihr und diesem einen Menschen, der Liebe predigte, sie aber nicht geben durfte.

Karin sah blicklos durch die Seitenscheibe. Sie wollte Hans jetzt nicht anschauen, konnte es nicht. Ihr Gehirn weigerte sich immer noch, anzuerkennen, was das alles bedeutete, was sie eben gehört hatte.

Steffen hatte einen Schlüssel.

Steffen hatte den Anruf gehört.

Steffen …

Muss ich jetzt nicht beten?, dachte sie.

Wie Hohn klang es in ihren Ohren, dass ausgerechnet in diesem Moment die Glocken des Domes zu läuten begannen.

»Karin …«, sagte Hans leise, aber sie wandte ihren Blick nicht ab von dem Seitenfenster und dem grauen Licht dahinter. Er versuchte es nicht wieder. Schweigend saßen sie nebeneinander auf dem Rücksitz und sahen sich nicht an.

Sie erreichten das Seminar. Der Polizist musste ihnen die Türen öffnen, da sie mit der Kindersicherung verriegelt waren. Er schien nicht recht zu wissen, ob er sie begleiten oder gehen lassen sollte. Er entschloss sich, beim Auto zu bleiben.

Hans ging neben ihr her. Er hielt ihr die Tür auf, und sie betrat das Seminar, diesen grauen Klotz, in dem ihr Sohn war. Allein.

Eine Weile gingen sie nebeneinander durch die Gänge, und plötzlich war von fern eine Geige zu hören. Sie klang wunderschön.

Sie wusste, es war Steffen. Ihre Schritte wurden langsamer. Inmitten riesenhafter hölzerner Heiligenfiguren, die Schwerter hielten oder gefoltert wurden, die litten und niemals Freude empfanden, blieb sie stehen. Die Geige hallte durch den Gang. Steffen.

Hans war weitergegangen. Als er bemerkte, dass sie nicht mehr neben ihm war, drehte er sich um.

»Karin«, sagte er ungeduldig. Eilig kam er zu ihr zurück. Er griff sie am Oberarm und versuchte, sie hinter sich herzuziehen, aber sie befreite sich mit einer heftigen Bewegung. Erneut versuchte er, sie zu packen, aber sie schlug seine Hand beiseite.

Ein Schluchzen quälte sich aus ihr, heftig, voller Schmerz.

»Karin …« Hans sah sie unsicher an.

Sie ging auf ihn zu und erhob die Hand. In hilfloser Wut versetzte sie ihm einen Schlag.

»Karin, bitte«, sagte Hans und wehrte den Schlag ab.

Aber sie schlug ihn erneut. Ungezielt, freudlos, hoffnungslos hieb sie ein ums andere Mal auf den Mann ein, dem sie ihr Leben geschenkt hatte, dem sie einen Sohn geschenkt hatte und der beides weggegeben hatte wegen dieser hölzernen Figuren, die immer nur versprachen und noch nie etwas gehalten hatten.

Hans stand ihr gegenüber, versuchte den Schlägen auszuweichen, sie abzuwehren, bis endlich die Kraft dieser Eruption nachließ und ihr nichts blieb, als dem Mann ihres Lebens weinend in die Arme zu fallen.

Hans Wolff schloss zögernd die Arme um sie. Reflexhaft sah er den Gang entlang, doch dann wurde ihm klar, dass es zu spät war für solche Vorsicht. Sanft fuhr er Karin über den Kopf, der von haltlosem Schluchzen geschüttelt wurde. Als sie halbwegs wieder bei Atem war, führte er sie zu einer der Bänke unter den Fenstern. Sie sank darauf nieder und starrte zu Boden.

Immer noch spielte die Geige, und Hans Wolff hatte nicht die geringste Ahnung, was er tun sollte.

***

Thiel hatte noch im Laufen Nadeshda per Handy ins Seminar beordert. Er wäre sofort in die Aula gestürmt und hätte Steffen von der Bühne geholt, wenn Boerne ihn nicht mit einem scharfen »Warten Sie!« zurückgehalten hätte.

So hatten sie den Saal leise betreten und sich in die letzte Reihe gesetzt, um zu warten, bis Steffen sein Vorspiel beendete.

Boerne war außer Atem und zudem durch die sich aufdrängenden Schlussfolgerungen im Fall Mühlenberg schwer irritiert. Aber er brauchte nur Sekunden, um zu verstehen, was dort oben auf der Bühne gerade vor sich ging.

Steffen hatte ihr Kommen nicht bemerkt. Vermutlich hätte er kaum mitbekommen, wenn die Decke eingestürzt wäre, darauf zumindest ließ der völlig entrückte Blick schließen, mit dem er die Kurtzendörffer spielte, als habe er noch nie etwas anderes getan. Es war ein wundervoller Klang, der den Raum erfüllte, und niemand hier wusste besser als Boerne, dass auch eine Kurtzendörffer nicht von allein so klang. Es war der Spieler, der fähig sein musste, diesen Klang zu erzeugen. Er musste dieses Instrument beherrschen, sonst würde es ihn beherrschen, so wie es den kleinen Karl-Friedrich Boerne beherrscht hatte: hart und gnadenlos.

Doch Steffen, daran ließ sein Spiel keinen Zweifel, war auf die Gnade des Instruments nicht angewiesen. Die Kurtzendörffer spielte, was immer er wollte.

Boerne schluckte mehrfach. Es war ein Drama. Dies hier hören zu dürfen und dabei zu wissen, nichts für den Jungen tun zu können. Doch dann schüttelte er trotzig den Kopf. Er konnte etwas tun. Er konnte Steffen beistehen bei dem, was nun geschehen musste.

Steffen war bei der Schlusskadenz angekommen, er ließ immer neue, immer längere, immer komplexere und immer schnellere Läufe bis in die höchsten Höhen ansteigen, um sie dann in einem gefühlvollen, sanften Ritardando auf der Tonika ausklingen zu lassen.

Es herrschte Stille im Saal. Alle lauschten den letzten Klängen nach und versuchten zu verstehen, was sie da gerade gehört hatten. Die Ersten, die sich fingen, waren Steffens Mitbewerber. Ihnen war klar, dass keiner von ihnen heute Ähnliches vollbracht hatte, und sie begannen zaghaft zu klatschen.

Boerne räusperte sich. »Bravo«, sagte er dann halblaut und hätte laut und entschieden applaudiert, wenn seine körperliche Verfassung das zugelassen hätte. Er sah, wie die Juroren Blicke tauschten und tuschelten und dann geschlossen aufstanden und Steffen Applaus spendeten.

»Bravo«, wiederholte Boerne, dieses Mal wesentlich hörbarer.

Thiel sah ihn unsicher von der Seite an. Boerne nickte ihm auffordernd zu, bis er dann auch zu klatschen begann. Wahrscheinlich war dieser Banause von Hauptkommissar der Letzte im Saal, der verstanden hatte, was er da gerade geboten bekommen hatte.

Steffen stand auf der Bühne und lächelte in sich hinein, als ginge ihn das alles gar nichts an. Gedankenverloren blickte er auf die Violine in seiner Hand, während der Applaus auf ihn einprasselte.

Schließlich hob er den Blick, und langsam erfasste er, was um ihn herum geschah. Nun lachte er tatsächlich, laut und glücklich. Aber dann, als sein Blick durch den Raum schweifte, entdeckte er Boerne. Und er entdeckte Thiel. Es hätte nicht Boernes Blick gebraucht, um ihm klarzumachen, warum sie hier waren.

Steffens Lachen erstarb.

***

Karin Ellinghaus saß vor der gläsernen Tür der Aula auf dem Stuhl, den ihr die junge blonde Polizistin hingestellt hatte. Sie starrte in den Saal, wo Professor Boerne und der Hauptkommissar mit Steffen redeten.

Hans Wolff hatte sich zu ihr stellen wollen, aber mit einem Blick hatte sie ihn verjagt. Ein Blick, in dem so viel Schmerz und Enttäuschung lag, dass Wolff ihm nicht hatte standhalten können.

Nun saß er allein auf einem der Stühle, auf denen sonst die Seminaristen darauf warteten, ins Sekretariat gerufen zu werden. Es war still im Haus. Das Vorspiel war vorüber, die Lehrer und Seminaristen waren in ihren Kursen und Übungen.

Nicht einmal Schwester Agathe war zu sehen. Das wunderte Wolff fast am meisten: dass sie darauf verzichtete, ihn hier gedemütigt sitzen zu sehen, vor den Trümmern jeglicher kirchlichen Laufbahn – ob als Seelsorger oder als Lehrer. Wolff sah zögernd über die Schulter zu Karin, aber sie starrte unentwegt und reglos in die Aula hinein, die junge Polizistin an ihrer Seite.

Plötzlich hörte er, dass sich die Tür des Sekretariats öffnete.

Dorothea kam heraus. Sie trug Jeans und einen Kapuzenpulli und glich ihrer Mutter so sehr, dass er nicht fassen konnte, warum ihm diese Ähnlichkeit nie aufgefallen war. Es musste die strenge Kleidung gewesen sein, die sie im Dienst sonst getragen hatte. Auch die Haare trug sie nun locker und offen statt wie sonst straff zurückgebunden.

Wenn ich sie vorher einmal so gesehen hätte, dachte er. Vielleicht … Ja, vielleicht …

Aber dann sah sie ihn an, und er wusste, dass er sich irrte.

Nicht: vielleicht.

Niemals. Sicher.

Er hatte sie nicht erkannt, weil er sie vergessen hatte. Weil er ihre Existenz verdrängt hatte. Ihre und die ihrer Mutter.

Dorothea trug eine Reisetasche bei sich. Als sie ihn sah, blieb sie stehen und sah ihn verlegen an.

»Ich hab noch ein paar Sachen geholt«, sagte sie.

Wolff nickte verstehend. »Wo willst du hin?«, fragte er.

Dorothea wich seinem Blick aus. »Ich komm klar«, sagte sie.

Wolff hob die Hände in einer Mischung aus Angebot und Bitte, aber sie schüttelte den Kopf.

»Ich glaub, für mich ist es leichter ohne dich«, sagte sie.

Wolff ließ Hände und Schultern sinken. »Wie kann ich dich erreichen?«, fragte er.

»Das weiß ich noch nicht«, antwortete Dorothea. »Tschüss …«, sie wandte sich zum Gehen, »… Papa«, setzte sie dann noch hinzu. Fast flüsternd, aber Wolff hatte es gehört.

Auf seinem Gesicht erschien das traurige Lächeln, das dort eigentlich immer zu finden war.

***

Steffen starrte auf die Kurtzendörffer, die er mit der linken Hand auf seinem Schoß festhielt. Mit den Fingern der rechten zupfte er die Saiten an den kurzen Stücken hinter dem Steg.

Pläng – bling – bloink, machte es jedes Mal, wenn er das tat. Ein sinnloses Geklimper, aber er wiederholte es, immer wieder. Für ihn strukturierte es die Zeit, die um ihn herum verging.

Pläng – bling – bloink.

Der Hauptkommissar hatte einen Stuhl aus der ersten Reihe genommen und saß rittlings darauf, direkt vor ihm. Er starrte ihn böse an. Professor Boerne hatte sich ebenfalls einen Stuhl zurechtgerückt und saß ein klein wenig abseits. Steffen fand, er sah unnatürlich blass aus.

Pläng – bling – bloink.

»Ich war in der Wohnung von meinem Vater«, nuschelte er irgendwann.

»Mit dem Schlüssel, den du mir gezeigt hast?«, fragte Boerne leise.

Steffen sah ihn an. Der Schlüssel. Er hatte dem Professor davon erzählt, weil er gedacht hatte, sie seien Freunde. Aber er hatte nicht dichtgehalten. Er hatte ihn verraten. Steffen sah wieder auf die Geige.

Pläng – bling – bloink.

»Da klingelt das Telefon«, fuhr er fort, als habe der Professor gar nichts gesagt.

Boerne kniff die Lippen zusammen.

Pläng – bling – bloink.

»Und ich hör den Anrufbeantworter«, sagte Steffen. »So 'ne verzerrte Stimme.«

Pläng – bling – bloink.

Steffen imitierte die raue, verstellte Stimme, die auf dem Band gewesen war, bevor er es gelöscht hatte: »Mühlenberg glaubt, du hast ein Kind. Er wird den Bischof treffen. Er will dich vernichten.«

Beim Wort »vernichten« sah Boerne zu Thiel, aber der starrte unverwandt Steffen an.

Steffen schwieg.

Pläng – bling – bloink.

»Ja, und dann?«, fragte Thiel. »Was hast du *dann* gemacht?«

Steffen wandte den Blick nicht von der Geige. »Ich hab gedacht, jetzt geht alles kaputt.«

Pläng – bling – bloink.

»*Was* geht kaputt?«, fragte Thiel.

»Das Geheimnis. Meine ganze Familie. Mein Vater.« Steffens Stimme war tonlos. »Und das ist alles meine Schuld.«

Pläng – bling – bloink.

Thiel runzelte die Stirn. »Deine Schuld?«

Steffen zuckte die Achseln.

»Weil ich nicht aufgepasst hab«, sagte er endlich.

Pläng – bling – bloink.

»Weil ich in der Wohnung war.«

»Hm«, grunzte Thiel und tauschte einen Blick mit Boerne, dessen Gesichtsausdruck für seine Verhältnisse ganz außergewöhnlich verunsichert war.

Pläng – bling – bloink.

»So. Und was hast du *dann* gemacht?«, fragte Thiel.

»Bin dann zum Seminar.«

Pläng – bling – bloink.

»Zu Mühlenberg«, ergänzte Thiel.

»Und was hast du ihm gesagt?«, fragte Boerne.

»Er hat mir nicht zugehört.«

Pläng – bling – bloink.

Boerne schüttelte irritiert den Kopf. »Ich meinte: Was hast du ihm *gesagt*?«

Nun drehte Steffen das Gesicht zu Boerne.

»Der hat mir nicht zugehört!«, schrie er ihn so laut an, dass der Professor erschrocken zurückzuckte. Er sah Steffen an, als habe er gerade eine Ohrfeige von ihm erhalten, die er nicht verdient hatte. Steffen schickte noch einen hasserfüllten Blick hinterher, bevor er den Kopf wieder senkte.

Pläng – bling – bloink.

»So ...« Thiel begann ungeduldig, die Finger beider Hände gegeneinanderzutrommeln. »Was ist dann passiert?«

Pläng – bling – bloink.

Steffen starrte stumm auf die Kurtzendörffer.

Thiel hob die Stimme. »Was dann passiert ist, will ich wissen!«

Pläng – bling – bloink.

Thiel platzte der Kragen. Er sprang auf und schob seinen Stuhl so wutentbrannt zur Seite, dass der über den Fliesenboden der Aula schlitterte. Er beugte sich hinunter, sein Gesicht näherte sich dem Steffens.

»Pass mal auf, Freundchen!«, schrie er den Jungen an. »Ich kann auch rumbrüllen! Und zwar noch viel lauter als du!«

Steffen würdigte ihn keines Blickes.

Pläng – bling – bloink.

»Und jetzt hör endlich mit diesem dämlichen Geklimper auf!«, schrie Thiel.

Tatsächlich stoppte Steffen die mechanische Bewegung seiner Finger. Aber sein Blick blieb unbewegt auf der Geige haften.

Thiel griff sich den Stuhl wieder und rammte ihn mit einem dumpfen Knall vor Steffen auf den Boden. Erneut setzte er sich rittlings und dicht vor den Jungen hin.

»So«, sagte er betont leise und beherrscht. »Was ist passiert?«

Steffen saß bewegungslos und stumm da, als ginge ihn das alles hier nichts an. Thiel ließ genervt seinen Blick schweifen. Die Bühne der Aula war leer bis auf den Flügel, den zuzuklappen sich noch niemand die Zeit genommen hatte. Der große, leere Raum atmete den Trübsinn, der für Thiels Empfinden in diesem Haus aus allen Fugen kroch. »Armut. Keuschheit. Gehorsam«, las er in großen Lettern an der Rückwand. Thiel schüttelte den Kopf und wandte sich wieder Steffen zu.

»Du bist ihm hinterher, stimmt's? Und dann hast du das Taxi gesehen. Es stand einfach da. Der Motor lief. Du bist eingestiegen und losgefahren. War es so?«

Langsam, ganz langsam hob Steffen den Kopf. Aber er sah niemanden an. Sein Blick ging über Thiels Schulter ins Nichts.

»Das Fahren war ganz leicht«, murmelte er. »Nur ... als ich Mühlenberg überfahren hab ... und dann *Sie*, da hab ich meine Augen zugemacht ...«

Boerne sah ihn fassungslos an, aber Steffen schien völlig unbeteiligt. So, als erzähle er die Geschichte eines anderen. So, als säße er nicht hier mit jemandem, dem er beide Arme gebrochen hatte.

»Die Fotos von Mühlenberg lagen auf Ihrem Schreibtisch.« Nun sah er Boerne an. »Ich hab sie alle angesehen. Wie er dalag. Tot.«

Immer noch sprach er völlig ungerührt. Das, was er berichtete, stammte aus einer anderen Zeit – und einer anderen Welt.

»Ich hab nichts gespürt dabei«, sagte er. »Gar nichts. Es war einfach nur – ein weiteres Geheimnis.«

***

Nadeshda führte Karin Ellinghaus und ihren Sohn hinaus. Hans Wolff wartete auf dem Gang. Boerne bemerkte die Art, wie sie vermied, ihn anzusehen. Er hatte wenig Hoffnung, dass die Beziehung der beiden diese Katastrophe überstehen würde. Wolff trottete hinter Karin und Steffen her, als gehöre er bereits nicht mehr dazu.

Steffen trug den Koffer mit der Kurtzendörffer in der Hand. Am Ende des Gesprächs in der Aula hatte er Boerne die Geige hingehalten.

»Die wollen Sie bestimmt zurück«, hatte er gesagt, und das aufrichtige Bedauern in seiner Stimme war Boerne sehr merkwürdig vorgekommen nach dem unbeteiligten Mordgeständnis zuvor.

Boerne hatte ablehnend die Hände gehoben.

»Behalt sie … erst mal«, hatte er gemurmelt, und Steffen hatte ihn verwundert angesehen. Aber dann hatte er gelächelt, ein letztes Mal.

Nun saß Boerne neben Thiel auf einer der Bänke in dem Gang mit den Heiligenfiguren. Sie sahen den dreien nach, die in Richtung Ausgang gingen. Alle wirkten sie erschöpft.

»Jetzt bringt man ihn in die Psychiatrie …«, murmelte Boerne.

Thiel gähnte herzhaft. »Der Junge braucht Hilfe. Keine Strafe«, sagte er und gähnte sofort noch einmal.

»Sie müssen dafür sorgen, dass er dort Geige spielen kann, Thiel!«, sagte Boerne entschieden.

»Ja klar. Mach ich«, nuschelte Thiel.

»Das ist für Steffen sehr wichtig«, dozierte Boerne. »Das Geigespielen wird mit Sicherheit auch einen therapeutischen Nutzen haben.«

»Ach, manchmal«, seufzte Thiel, »manchmal wär's schon schön, wenn man wüsste, dass es ihn wirklich gibt – diesen Gott. Dass am Ende jeder das bekommt, was er verdient …« Er legte den Kopf nach hinten an die kühle Mauer und schloss die Augen.

Boerne stieß ein kleines spöttisches Lachen aus und schüttelte nachsichtig den Kopf. Das war wieder mal typisch für Thiel. Am Ende suchte er jemanden, dem er die Verantwortung in die Schuhe schieben konnte. Boernes Handy begann zu läuten, und es gelang ihm tatsächlich, es aus der Manteltasche zu ziehen und mit Hilfe von Schneidezähnen und Kinn auch aufzuklappen.

»Ja, Boerne?«, meldete er sich. Es war Silke Haller. »Alberich, was gibt's denn? … Was? *Wer* wird wütend? … Da geb ich Sie doch gleich mal weiter. Augenblick …«

Er drehte sich zu Thiel.

»Thiel … Herr Thiel … Alberich braucht Ihre Hilfe, Ihr Vater wird renitent, weil die Spurensicherung ihm sein Auto in alle Einzelteile zerlegt …«

Aber Thiel hatte die Augen geschlossen. Den Kopf in die Mauerecke hinter sich gelehnt, atmete er ruhig und gleichmäßig. Er schlief, und das zufriedene Lächeln auf seinem Gesicht zeigte, dass er sich dieses Mal dabei nicht würde stören lassen.

»Hören Sie, Alberich«, sagte Boerne. »Der Herr Hauptkommissar hält gerade sein Silentium. Er ruft Sie zurück!«

Mühsam klappte er das Handy wieder zu und fragte sich, wer zum Teufel ihn nun wohl nach Hause bringen würde.

Das Erste

NDR

Hannes Nygaard
ERNTEDANK
Kriminalroman nach der gleichnamigen
ARD-Serie »Tatort«
© Das Erste / NDR, lizenziert durch Studio Hamburg
Distribution & Marketing GmbH
Agentur: WDR mediagroup licensing GmbH
Nach dem Tatort-Krimi von Angelina Maccarone
Broschur, 176 Seiten
ISBN 978-3-89705-659-6

SWR

Susanne Kraft
SEENOT
Kriminalroman nach der gleichnamigen
ARD-Serie »Tatort«
© Das Erste / Südwestrundfunk (SWR),
lizenziert durch SWR Media Services GmbH
Agentur: WDR mediagroup licensing GmbH
Nach dem Tatort-Krimi von Dorothee Schön
Broschur, 208 Seiten
ISBN 978-3-89705-663-3

SWR

Martin Conrath
VERMISST
Kriminalroman nach der gleichnamigen
ARD-Serie »Tatort«
© Das Erste / Südwestrundfunk (SWR).
lizenziert durch SWR Media Services GmbH
Agentur: WDR mediagroup licensing GmbH
Nach dem Tatort-Krimi von Christoph Darnstädt
Broschur, 160 Seiten
ISBN 978-3-89705-735-7

Das Erste

WDR

Martin Schüller
MOLTKE
Kriminalroman nach der gleichnamigen
ARD-Serie »Tatort«

Agentur: WDR mediagroup licensing GmbH
Nach dem Tatort-Krimi von Axel Götz,
Jan Hinter und Thomas Wesskamp
Broschur, 160 Seiten
ISBN 978-3-89705-734-0

WDR

Martin Schüller
TEMPELRÄUBER
Kriminalroman nach der gleichnamigen
ARD-Serie »Tatort«

Agentur: WDR mediagroup licensing GmbH
Nach dem Tatort-Krimi von Magnus Vattrodt
Broschur, 160 Seiten
ISBN 978-3-89705-733-3

hr

Uli Aechtner
BEVOR ES DUNKEL WIRD
Kriminalroman nach der gleichnamigen
ARD-Serie »Tatort«

Agentur: WDR mediagroup licensing GmbH
Nach dem Tatort-Krimi von Henriette Piper
Broschur, 160 Seiten
ISBN 978-3-89705-662-6

Das Erste
tatort
Deutschlands erfolgreichste Krimireihe
Die beliebtesten Ermittler, die besten Fälle.
Jetzt überall auf DVD im Handel!
DUISBURG
SCHIMANSKI-BOX
MÜNSTER
THIEL/BOERNE-BOX
KIEL
REIFEZEUGNIS
REGELMÄSSIG NEUE EINZEL-FOLGEN UND BOX-SETS – DAS IDEALE GESCHENK!
Ausführliche Infos unter www.tatort.aufdvd.de
© ARD Landesrundfunkanstalten, ORF, SF Lizenzen durch Bavaria Media GmbH, Degeto Film GmbH, hr Media Lizenz- und Verlagsgesellschaft mbH, rbb media GmbH, Studio Hamburg Distribution & Marketing GmbH, SWR Media Services GmbH, Telepool GmbH und WDR mediagroup licensing GmbH.
BR hr mdr NDR radiobremen rbb SR SWR WDR ORF SF